— 書き下ろし長編官能小説 —

艶めきランジェリー

美野 晶

竹書房ラブロマン文庫

目次

この作品は、竹書房ラブロマン文庫のために
書き下ろされたものです。

第一章　股布の開いたショーツ

一等地の高層ビルというわけではないが、都心に近い街の駅前にある、五階建てのビル。そこが、聡志《さとし》の新しい勤務先となる場所だった。

建物のすべてが女性向けアパレルメーカーKのオフィスとなっていて、ビルの外側には大きな看板がある。

「ようこそKへ。佐山《さやま》くん、さっそくだがお詫《わ》びさせてくれ。申し訳ない」

一階にある受付で名前を告げると、三階にある人事部に通された。

そこの応接スペースで迎えてくれた人事部長は会うなり、遥かに年下の聡志に頭を下げた。

「えっ、なんのことですか？」

別に聡志は文句を言いにきたわけでもなんでもないので、驚いた。

聡志はここと取り引きのある金属加工メーカーのY社に勤めている。ワイヤー製品を多く扱《あつか》うその会社で、聡志は営業担当五年目の二十六歳だ。

そこでは二十代に一度、取引先の会社に一年ほど出向してお客様の業務を経験してくるという慣例があり、聡志は今日このKに赴任してきたのだ。

「いやあ佐山くんにはランジェリー部門に行ってもらう予定だったのだが」

恰幅《かっぷく》のいい中年男性の人事部長は豪快そうな見た目に反《はん》し、なんだか歯切れが悪い。

女性が身につけるものでワイヤーを使用するというと、まず下着に使われるワイヤーが浮かぶ。

実際、Kに聡志の会社が納めているワイヤー製品もほぼすべてがランジェリーに使用されていたはずだ。

「急で申し訳ないのだが、ちょっといまランジェリー部門の買収話が出ていてね」

「ええっ」

聡志はつい声を出してしまった。女性用の下着の部署ということで少し恥ずかしい気持ちもあったが、それでもなくなってしまうと聡志がKでする仕事はないのではないか。

「それで申し訳ないんだが、とりあえず別部署に所属ということで頼むよ」

人事部長はひたすら恐縮して言った。

人事部長に言われた所属先はビルの三階のいちばん端《はし》の部屋にあった。

「イノベーション開発課？　なにをしてる部署なんだろ」

恐縮していたわりには人事部長はついてきてはくれなかった。部署がある場所もなんだか廊下の奥の奥で薄暗い。

仕事内容がわからない部署名といい、少し不気味な感じがした。

「まあ、まったく関係のない製品を作ってたりする会社もあるしな」

聡志も営業でいろいろな会社を回るが、最近は経営の多角化ということで機械メーカーがレトルト食品の製造販売をしていたりする場合もあるからわからない。

悩んでいてもしょうがないと聡志はドアをノックした。

「失礼します。Ｙから出向で参りました、佐山聡志です」

ドアを開いて中に入ると、そこは意外なくらい狭い部屋だった。

(倉庫？)

窓も小さめだし、壁際にスチール棚もあってなんだか物置のように見えた。

デスクが向かい合わせに四つ並び、三人の女性が座っている。

「はい聞いてます。急遽こちらに配属になったとか」

いちばん奥にあるデスクから一人の女性が立ちあがった。グレーのスカートのスーツ姿で真面目そうな印象を受けた。

(でも綺麗な人だな)

いかにもOL風の服装《ふくそう》で地味な印象だが、色白で鼻筋はとおっているし切れ長の瞳はすっきりと美しい。

ただ唇だけが少し厚めなのが女らしさを見せていた。

「あの、課長さんはいらっしゃいますでしょうか」

人事部長からこのイノベーション開発課の課長に会うように言われていたが、ここにそれらしき人は見当たらない。聡志が部署内を見回しながら訪ねると、

「あの……私が課長の細田夕紀《ほそだゆき》です」

少し遠慮がちに夕紀は自分が課長だと言った。

「えっ」

聡志の本来の会社であるYでは課長職は最低でも三十代後半の人たちばかりだから、それよりもかなり若く見える夕紀が課長だと言われて聡志は目を丸くした。

「し、失礼しました。佐山です」

「こちらこそ、ちゃんと言わなくてごめんなさい」

二人は向かい合ったまま互いに頭を下げ合う。夕紀は顔だけを見たら少しきつめな印象も受けるが、優しい性格のようだ。

そして少し焦《あせ》った感じの顔も可愛らしかった。

「聡志くんってワイヤーの会社の人なんでしょ。ランジェリー部門がなくなったら、ここくらいしか来るとこないよねぇ」

そんなことを考えていると横から高い声がした。フリルがついたブラウスにスカート姿の女性だ。

丸顔で瞳が大きく、ぱっと見た感じ高校生くらいに思えた。

「美悠《みゆ》ちゃん、いきなり下の名前で」

「いいじゃないですか、ここはみんな下の名前で呼び合っているんだし。緒方《おがた》美悠、またの名をレイっていいまーす。よろしくね聡志くん」

小柄な美悠は上司である夕紀の注意はまったく聞かず、イスに座ったまま小さめの手をパタパタと振った。

またの名の意味はまったくわからないが、初対面で突っ込む気持ちにはなれず、聡志は聞き流した。

「私は縫製担当の高木詩《たかぎうた》です。どうぞよろしくです」

その美悠の対面に座る女性が続けて自己紹介をした。可愛らしい服装の美悠に対し、詩はデニムパンツにパーカーという素っ気ない格好だ。

身体のほうもかなりの大柄の上、髪の毛もショートで、話しかたなども体育会系の感じがした。

ただ詩のほうも二人に勝るとも劣らずの美女で、二重《ふたえ》の瞳に高い鼻が少しハーフっぽい印象を受けた。

「佐山です。縫製《ほうせい》担当……ですか」

デスクまわりで裁縫作業をしているような様子はないが、よく見たら部屋の奥のほうに女性の胴体だけのマネキンのようなものや、大きめのミシンもあった。

ここはなにか製品を作る場所なのだろうか、それにしては人が少ないように思えた。

「あの課長さん、ここの部署っていったいなにを……？　実はなにも教えてもらってなくて」

この部署がどんな仕事をしているのか、いまだに見えてこない。もちろん聡志は服飾に関しては素人《しろうと》だから、見てもわからないだけかもしれないが。

「え、ああ……うん、なんというか、ここの部署は」

夕紀は聡志の質問に答えにくそうに少しもじもじとし始めた。どういうことなのかと、ますます混乱してきた。

「ここはね、〝恋人をその気にさせる服〟を研究して商品にしちゃう部署なんだよ」

そんな女上司を見て意味ありげな笑みを浮かべた美悠が言った。

喜ばせるというのがなにを指すのか、聡志はさらにわけがわからなくなった。

「デザインから試作品までもここで作製して、会社のオッケーが出たら商品になるの。まあものがものだけに、けっこう却下されたりするけどね、あはは」

ケラケラと屈託なく笑いながら美悠は、自分はデザイナー兼パタンナーだと言った。

洋服のデザイナーは一般的にも認知されているし、パタンナーという仕事がデザイン画から服の各部の基礎となる型紙を起こす仕事だという知識だけは、仕事のつながりから一応、聡志も知っていた。

ただ「恋人をその気にさせる」という意味がいまだわからない。なかなか認められないということは、よほど特殊な服なのだろうか。

「美悠さん、見てもらったほうが早いんじゃないですか、私、今日ちょうど着《つ》けてますし」

首をかしげ続ける聡志に、詩がデスクの前から立ちあがった。彼女はつかつかと歩み寄ってくると、真正面に立った。

「こういうのです」

耳が隠れて毛先が首のところで少しはねている感じのショートカットがよく似合っている詩は、ほとんど身長が同じか少し低いくらいの聡志を見つめながら、パーカーのファスナーを下げた。

「ぶっ、ぶはっ」

パーカーの下から特殊なデザインのTシャツでも出てくるのかと、じっとそこを見つめていた聡志は、驚きのあまり吹き出した。

「そ、それ、えっ、えええ」

グレーの厚めの生地のパーカーを詩は両手で豪快に前開きにしている。その下に着けているのは薄いグリーンのブラジャーのみで、引き締まったお腹周りや、色白の鎖《さ》骨《こつ》周辺は素肌が晒《さら》されていた。

いきなり下着であることも驚いたが、さらに目を疑ったのは、そのブラジャーのカップの部分が完全にシースルーになっていて、乳輪や乳首が透けていたことだ。

「こういう〝男を誘惑する服〟を作るのが、ここの仕事なんですよ」

とくに恥ずかしがるでもなく詩は淡々と説明している。女性の身体をひきたてて男の欲情をそそる服や下着を開発する部署だそうだ。

「ええっ、そんな仕事が、ええっ」

通販のサイトなどを見ていたときに、そういう下着などを見たことがあったが、実物を目《ま》のあたりにするのは初めてだ。

聡志は過去に恋人もいたし女性経験もあるが、透けた下着を身につけている姿を見せられたことはない。

（それに……大きい……）

下着が扇情的なデザインだというだけでなく、詩の乳房はかなりの巨乳のように思える。

身体が大柄というのを差し引いても、大きく前に突き出すように二つの肉房が盛りあがっていた。

「透けてる生地だけど乳首の突起が服に出ない生地を使ってるんだよ。どう？　興奮した？　聡志くん」

呆然となったままの聡志の顔を覗《のぞ》き込むようにして美悠が言ってきた。

「ちょっと失礼」

透けたグリーンのブラとその下にある見事な巨乳にただ呆然となる聡志の股間に、詩が手を伸ばしてきた。

「はっ、はうっ」

彼女の大きめの手のひらがスーツを着ている聡志の肉棒を握ってきた。

思わず前屈みになり、変な声を漏《も》らしてしまった。

「ちょ、ちょっと詩ちゃん、だめ」

ことのなりゆきをこちらも少し驚いた顔で見ていた夕紀が、慌《あわ》てて二人のあいだに割って入った。

彼女はもう首筋まで真っ赤になっていて、ニヤつく美悠と乳首まで見られても平然としている詩とはかなりの温度差がある。

「勃起度《ぼっきど》ゼロって感じですね、美悠さん」

冷静なままに詩は美悠にそう報告をした。

「そうかあ、もう少しデザインを考えないとかなあ、うーん、レースとか入れてみようかな」

美悠の顔から笑みが消え、腕を組んでうなりだした。一瞬で仕事モードに入っている感じだ。

「透けてるだけじゃなくて色っぽく仕上げたほうがそそるのかな。あ、いちおう確認しとくけど、巨乳が嫌いとかそんなことないよね」

「えっ、ええ、どちらかと言えば好きなほうですが……ええっ、どうしてそんな」

つい反射的に答えてしまったが、とんでもない質問だ。とても若い女性が同じく若い男にする質問とは思えない。

ただ答えは嘘ではなく、聡志は巨乳も巨尻も好きだった。

「ふふふ、正直ね。でもよかったじゃん、この部署は巨乳揃いだよ。私はこう見えてFカップ」

また少し意味ありげな笑顔を見せながら、美悠はフリルのついた白いブラウスの胸を自ら持ちあげた。

たしかに小柄な身体のわりにはかなりの盛りあがりだ。

「詩はHカップだし、夕紀さんも身体は細いけどHカップもあるんだよ」

いまは手を離してパーカーが戻り、少し開いた隙間からグリーンのブラジャーの真ん中をのぞかせている詩のバストは、たしかにすごい迫力があった。

それよりもジャケットを着ている夕紀までそんなサイズとは驚いた。美悠の言葉どおり身体自体は線が細い感じなのに。

「ちょっと、なんで私のブラのサイズまで、いやあ」

夕紀はもう火が出るのではないかと思うくらいに顔を真っ赤にして、自分の胸の前で両手をクロスした。

だが逆にそれが災いして、ジャケットのあいだに見える白いブラウスの辺りに、柔らかそうな盛りあがりが浮かびあがった。

「夕紀さんは大きいだけじゃなくて形も綺麗ですよ。乳首もピンクだし」

さらに詩が一緒に温泉に行ったときに見たと、詳細まで付け加えた。

「だめえ、もういやああ」

あまりの恥ずかしさに夕紀がうずくまって悲鳴のような声をあげた。

しゃがんだ体勢になるとスーツのスカートにお尻の形がくっきりと浮かぶ。聡志は布を引き裂きそうな豊満なヒップにもつい見とれてしまった。

聡志の出向一日目は混乱の中で終わった。夕紀の色白の美しい顔が真っ赤に染まった自己紹介のあと通常の業務になったが、正直、聡志はやることがない。

少し美悠からワイヤーの特性などについて質問があったくらいで、ほとんど事務作業などを手伝ったのみだ。

(要は下着部門がなくなるから、行ける場所がなかったんだな)

美悠がぼそりと、ここは他の部署とはなんの繋《つな》がりもない離れ小島だと口にしていた。たしかに場所も階のいちばん端だし倉庫のような部屋だ。

人事部長がついて来なかったのも、そんなところに取引先から出向で来た人間を行かせることになったからだろう。

（かといって他の部署に行っても、さらにすることがないよなあ……）

午後から夕紀の案内で他部署にも挨拶をして回ったが、アパレルメーカーとして直営しているブランドは中価格帯の一般向けのため、デザインもごく一般的なものが多かった。

だから聡志の会社のワイヤーが必要になる服は、ほとんどないのではと思うのだ。

「会社に相談してみるかな」

出向に行くのは慣例ではあるし、そこで音《ね》をあげた者は出世も出来なくなったりするが、行った先であまりにお役に立てないのであれば、別の会社などに替えてもらうくらいはありだと思う。

夕紀も話していたが下着の部門が買収されるというのは、Kの社員たちも寝耳に水だったそうだから予想外のケースだ。

（でもみんな美人だったな……とくに夕紀さん……）

名前で呼ぶ習慣があるとのことで、少し照れながら自分も夕紀でいいと言ってくれた若い課長。

ウエストは驚くほど細いのに豊満な美尻にHカップ。社内を案内されているときも目立つそのボディから目を離せなかった。

「あ、聡志くん、こっちこっち」

Kの自社ビルを出て徒歩三分ほどの駅に向かって歩いていると、路地のほうから大きな手のひらが振られていた。

「えっ、あ、詩さん」

手招きをしていたのは縫製担当の詩だ。朝と同じグレーのパーカーにデニムの彼女は笑顔で路地に立っていた。

長身で脚が長い彼女が、狭い道の真ん中に少し脚を開いて堂々と立っている。

手脚が長くショートカットの頭も小さめなので、なんというかモデルが撮影のためにポーズをとっているように聡志は錯覚した。

「今日は用事ない？」

詩とは同い年だが、Kでは先輩となるので、いちおう聡志のほうが後輩という形で接しようという話になった。専門卒や大卒が入り乱れているので、先輩後輩は入社順で決まるというのが社風らしい。

「あ、はい、どうしたんですか」

聡志のほうもそれで別に異論はない。営業担当だから相手が年下であろうと敬語で接するのが当たり前なので、あまり気にもならなかった。

「こっちへ」

聡志にパーカーの背中を向けて言う。うしろからの立ち姿もきまっている。その凛《りん》とした姿に吸い寄せられるように聡志も路地に入った。路地の両側には飲み屋などがあり、人々も行き交《か》い店先にある席で呑んでいる者もいる。

素っ気ない服装なのに詩はやけに注目を集めていた。

「近道なの、来て」

詩は聡志の服の袖をいきなり握ると、そのまま引っ張って歩きだした。あまりに堂々とした態度に自分のほうが弟分のようで、道の端で呑んでいる男たちにもそんな風に見られている気がした。

「え、こっちは駅とは逆なんじゃ」

まだ土地勘はないが、詩が進んでいく方向は駅とは反対側に思えた。

ちなみに美悠は詩よりひとつ年上の二十七歳で、夕紀は三十歳らしい。美悠はとても二十七歳には見えないし夕紀ももっと若く見える。

そして三十歳で課長とはすごいと思えた。

「うん、駅じゃないよ。目的地はここ」

詩が立ち止まった場所は路地のさらに奥、住宅などはない薄暗い道をネオンが照らしていた。

「い、いや、ええっ、ちょっと詩さん」

詩の視線の先にあるのはラブホテルだった。袖を引きながらさっさと入口をくぐった。

平然と男をホテルに連れ込もうとする長身美女に驚く暇もなく、聡志は強い力で引きずられて中に入った。


「いててて」

最後は腕まで抱えられて、聡志はラブホテルの部屋の中に連れてこられた。

「ごめんね、痛かったかな。バスケやってたから力強いんだ、ははは」

豪快に詩は笑った。先ほど暗めの路地で見せた、少し近寄りがたいような美しさを見せた彼女とのギャップに、聡志はなぜかどきりとしてしまった。

「どうりですごいパワー、いや、そうじゃなくて、どうしてここに」

身長も男の聡志とそう変わらないし、よく見たら手もけっこう大きい。バスケの選手だったと言われても違和感はないが、問題はそこではない。

今日初めて会った聡志をホテルに連れ込んでなにをしようというのか。

「昼間のブラジャーって上下でセットなんだよね。だから全身なら聡志くんの反応も変わるかなと思ってね」

淡々とした口調でそう言った詩は素早くパーカーを脱ぎ捨てた。そしてそのままデニムのパンツもためらいなく脱いでいく。

「わっ、ちょっと詩さん、う」

靴も蹴飛ばすように脱いで、詩はグリーンのブラジャーとパンティだけの姿となった。

昼間と同じシースルー生地のブラジャーには、Hカップの豊満な膨《ふく》らみと色素が薄めの乳首が透けている。

「どう？　ちょっとはムラッときた？」

美人ではあるがあまり化粧っ気のない顔にショートカットの黒髪をした詩は、どこか男っぽい感じはするが、ボディのほうはすごかった。

透けた巨乳の下のお腹周りは驚くほどに引き締まり、うっすらと腹筋の形が浮かんでいるように見える。

そこから急激なカーブを描いて腰回りが大きく盛りあがり、太腿周りも肉がしっかりとついていて色っぽかった。

（ムラッとなんてもんじゃないだろ……）

その淫靡《いんび》な下半身をひきたてているのが、ブラと同じグリーンの生地のパンティで、腰のところが紐《ひも》になっていて、股間は三角のシースルーの布があてがわれているだけという感じだ。

漆黒の陰毛がグリーンのシースルーに透けていて、もう聡志は目が離せない。

「股の部分にはスリットが入ってるんだよ」

見とれている聡志に詩は笑顔を向けると、壁に片手をつき、反対側の手で自分の膝を抱えた。

柔軟性が高いのか脚がすんなりと上にあがり、体操のY字バランスのような体勢になる。

「うっ、これは」

パンティはうしろはTバックになっているのか、三角の前布から尻たぶに向かって食い込んでいる。

その股間の部分には切れ目が入っていて、中身がのぞいていたのだ。

（なんだかモロに見えるよりも、エッチかも……）

股布はシースルーになっていないが、その分、チラ見えするピンクの女肉のいやらしさをひきたてているように思う。

右脚を床に、左脚は天井にそれぞれまっすぐに伸ばされて、白くむっちりとした内腿が一直線になっているのも美しかった。

「うっ」

聡志は若い男らしく、肉棒に血液が集まっていく。思わず前屈みのポーズをとった。

「あ、反応したの？」

Y字バランスの脚を下ろした詩は、素早い動きで聡志との距離を詰めた。

そしてズボンの上からではあるが、大胆に肉棒を摑《つか》んできた。

「わっ、すごく硬い、それに」

詩の大胆な行動に驚きっぱなしの聡志に対し、ずっと平然としていた詩が初めて目を見開いた。

大きな二重の瞳をさらに見開きながら布越しに聡志の肉棒を揉《も》んできた。

「はっ、はうっ、なにしてんですか、詩さん、くう」

その絶妙な力加減の揉みかたに甘い痺《しび》れが肉棒からわきあがり、聡志はさらに背中を丸くして腰をくねらせた。

彼女が腕を動かすたびにシースルーの生地に透けた巨乳が揺れているのが、また男の欲情を刺激した。

「大きい、なにこれ……すごいねえ」

目を丸くしたまま、詩は布越しに聡志の肉棒をしごきだした。

聡志の逸物《いちもつ》は中学生くらいに急成長し、当時は友人に小馬鹿にされたりして恥ずかしかったが、いまは逆に男から羨《うらや》ましがられたりしてしまう。

「だめです、詩さん、くうう、ううう」

膨張率もかなりあるのでズボンがはち切れそうになってきた。詩の指使いがあまりに巧みで、聡志はもう腰を引いたまま喘《あえ》いでいた。

「おチ×チンがズボンの中で苦しそうだよ。解放してあげないと」

そんな同い年の男を余裕の笑みで見あげながら、詩は空いている手で器用に聡志のベルトを緩《ゆる》めだした。

「わっ、ちょっと」

ためらう隙すら与えられずズボンが足元まで落とされ、パンツも下ろされた。

中からバネでもついたように、完全に硬化した怒張が飛び出してきた。

「すごい、カリ首も立派だ、んん」

シースルーのブラとパンティの身体を床に膝立ちにし、詩はエラの張り出した亀頭部に舌を這《は》わせてきた。

ピンクの舌がねっとりと先端からエラの裏を這い回る。

「はううう、こんなの、詩さん、くうう、ううう」

唾液《だえき》を絡《から》めるようにしながら詩は、聡志の逸物を丁寧に舐《な》め続けている。

シャワーも浴びていないというのに、ためらう様子もない。そんな詩のある変化に聡志は気がついた。

(すごいいやらしい目に)

淫《みだ》らなポーズをとりながらもどこか平静だった詩の瞳が、しっとりと潤《うる》んでいるように見えた。

目が大きな分、その輝きがなんとも色っぽい。

「んんん、しゃぶってもいい？　んんんん、んくうう」

聡志の答えは聞かずに、詩は大きく唇を開いて亀頭部を飲み込んでいった。

巨大な逸物にひるむ様子もなく、愛おしそうに頬《ほお》をすぼめて頭を動かす。

「あぁあ、くうう、すごい、ううう、くううう」

乳首が透けた巨乳をグリーンのシースルー生地と共に揺らしながら、詩は大胆に頭を振ってきた。

頬もピンクに染まり、鼻から湿った息が漏れている。肉棒に奉仕しながら情欲を昂《たか》ぶらせている長身美女に聡志も魅入られていった。

「んんんん、んく、んんんん」

「ううっ、詩さん、くうう、うう」

いつしか聡志は目を閉じて快感に身を任せ、曲げていた腰を伸ばしてラブホテルの床に立って身悶えていた。

舌が唾液と共にねっとりと亀頭のエラや裏筋に絡みつき、さらには頬の裏の粘膜で擦《こす》られる。

絶え間ない快感に息をするのも忘れて喘いでいた。

「くうう、詩さん、うう、僕もう、くうう」

射精のときが近づいているように思うが、詩のしゃぶりあげは激しさを増す。

このまま発射したいという願望に囚われながら目を開けて、もう我慢が出来ないと訴えようとした聡志は詩の腰が揺れているのに気がついた。

（フェラチオしながら興奮しているのか？）

立っている聡志の目に、足元にひざまずいている長身の女体がくねっている様子が見えた。

Tバックのグリーンの紐が食い込んだ巨大なヒップが、ユラユラと横揺れしていた。

「ああ、詩さん、こんどは僕が」

このまま詩の吸いあげに身を任せていたいという気持ちをこらえて、聡志は彼女の頭を押さえた。

濡れた唇から怒張を抜き取ると、亀頭とのあいだで唾液が糸を引いた。

「あ、いやん」

詩の顔はもう完全に牝《めす》になっていて、とろんとした大きな瞳やピンクの頬がたまらなく色っぽい。

聡志はそんな彼女を立ちあがらせると壁に両手をつかせて腰を引き寄せた。

「あ、聡志くん、なにを、あっ、やあん」

壁に手を置いてお尻を突き出した長身美女のうしろに、こんどは聡志が膝をついた。

目の前にあるTバックの紐が食い込んだ形のいい巨大なヒップ。鍛えた筋肉の上に脂肪がのっているのだろうか、すごい迫力だ。

聡志は両手で強くその双臀を摑むと左右に割り開いた。

「この下着はこういうことをするためにスリットが入っているんですよね」

二つに割れた尻たぶの奥から現れた、股布の裂け目。その中にのぞくピンクの女肉に聡志は舌を這わせた。

「う、うん、そう、ああ、あああん、そんな風に、あっ、ああ」

スリットごと詩の秘裂を開くとピンク色の媚肉《びにく》が現れる。ビラは小さめだが膣口の奥にはみっしりと肉が押し寄せていた。

(もうすごく濡れてる)

ヒクヒクとうごめいてる媚肉はかなりの量の愛液に溢《あふ》れていて、膣内で糸を引き外まで溢れている。

そこから漂《ただよ》ってくる牝の香りに吸い寄せられるように、聡志は舌を動かしていく。

「あっ、はああん、そこ、あああ、ひいん」

ざらついた舌が肉唇から膣口、そしてクリトリスを舐めあげた。

立ちバックの体勢で逞《たくま》しいヒップを揺らしながら、詩はどんどんその喘ぎを激しくしていく。

「んんんん、んく、お尻が引《ひ》き攣《つ》ってますよ、詩さん」

バスケ経験者の筋肉のついたお尻や長い脚が彼女が声をあげるたびに、ヒクヒクと小刻みに震えている。

強い反応を見せる見事な肉体に聡志も興奮してきて、舌を激しく動かす。もう聡志もためらいの気持ちは消えていた。

「あああん、だって、あああん、すごく気持ちいい、ああん、ああ」

素直に快感を認めた詩は、壁に手をついたまま顔だけをうしろに向け、甲高い声で訴えてきた。

こちらを見つめるスポーツ美女は瞳を完全に蕩《とろ》けさせ、目尻も垂《た》れ下がっている。唇がだらしなく半開きになっていて白い歯がのぞいていた。

「ここですね、んんんん」

パンティのスリット端のほうから小さな肉の突起が見えている。そこを唇で挟んで、聡志は強く吸いあげた。

「ひい、ひいん、それ、ああああ、あああああん」

巨尻を大きくくねらせ、詩は悲鳴のような声をあげた。全身がピンク色に上気していて、グリーンのブラに包まれた巨乳が身体の動きに合わせて弾《はず》んでいた。

「ああ、はあああん、私、もう、あああ、あああん」

クリトリスへの執拗《しつよう》な攻撃に、詩はなよなよと頭を横に振って、その場に崩れそうになった。膝がガクガクと震えていて限界が近い様子だ。

「おっと、まだですよ」

先ほど路地で見た、近寄りがたさをもった詩の背中が思い出される。

その美女をここまで崩壊させたという征服感に聡志は酔いしれるが、これで終わりはもったいないと、今度は立ちあがって詩の腰を支えた。

「いきますよ、詩さん」

壁に手をついて腰を九十度に曲げた長身美女の、Tバックが食い込むヒップを撫でながら聡志は言った。

聡志自身も強く興奮していて、どこか声がうわずっていた。

「ああ……来て。聡志くんの……欲しい」

半開きの唇を唾液で輝かせながら、詩は切ない顔を向けた。こちらもたまらないくらいに昂ぶっているのか、言葉が繋がらないくらい息が荒くなっていた。

「このまま入れますよ」

自分の服をすべて脱ぎ、聡志はギンギンに勃起したままの怒張をグリーンの股布に開いた裂け目に持っていく。

そこにある剝《む》き出しの濡れた膣口に、ゆっくりと先端を押し込んでいった。

「ひっ、ひああ、あああ、すごい、あああ、大きい、あっ、あああん」

パンティを穿《は》いたままの下半身に怒張が飲み込まれていく。壁に預けている上半身をのけぞらせながら詩はさらなる嬌声をラブホテルの部屋に響かせた。

「詩さんの中も、く、すごくきつめです、うう」

そこを鍛えているというわけではないだろうが、詩の膣道はけっこう狭《せま》めで上下左右から肉棒を絞めてくる。

ただ愛液が大量に溢れているので、そのぬめりを利用しながら聡志は奥に向かってその巨根を突きたてた。

「ひ、ひいん、奥、あああ、広がってるよう、あああああ」

ショートカットの頭を持ちあげて天井のほうを見ながら、詩は快感によがり泣く。

全身が一気に上気し牝の香りが漂った。

そんな彼女のTバックの紐が食い込んだ巨尻を摑み、聡志はさらに腰を突き出す。

亀頭が膣奥に達している感覚はあったが、まだ肉竿の根元は膣口の外に余っていた。

「ひっ、ええ、嘘、あああん、こんな奥まで、ああん、あああ」

聡志の巨根が子宮口を持ちあげながら、さらに奥まで挿入される。

ここまでの深さは初めてなのか詩は戸惑っているが、ただしっかりと受けとめてはいる。

「ここからが本番ですよ、詩さん」

巨根に驚きながらそれほど苦しんだ様子はない詩。かなり体力もあるのだろう。

ただ立ちバックの態勢で床に伸びている両脚はかなり震えているので、聡志はその引き締まったウエストを両手で固定して支えながら腰を動かした。

「ひ、ひぃん、あああん、奥、ああぁ、すごい、ああん、ああ」

抽送《ちゅうそう》が始まると、詩はさらに声を大きくして快感に溺れていく。

股布からのぞくぱっくりと開いた膣口に向かい、聡志は巨大な逸物《いちもつ》を激しくピストンした。

「ああ、あああ、たまらない、あああ、あああああっ」

腰を曲げた身体全体が大きくくねり、引き締まった感じもする巨尻が揺れる。

そのたびに剥き出しの尻肉がよじれるのが、なんとも淫靡だ。

「僕もすごく気持ちいいです、おおお」

締まりの強い媚肉に亀頭のエラや裏筋を擦りつけると、腰が震えるくらいの快感が突き抜けていく。

蕩けきった粘膜に肉棒が溶け落ちていくような感覚の中で、聡志は懸命に腰を振りたてた。

「ああ、激しい、あああ、もうだめ、あああ、イッちゃう」

顔だけをうしろに向けて詩が限界を叫んだ。あまりに強いピストンに一気に身体を追いあげられたのだ。

「くうう、止まれません、ああ、詩さん、僕も」

聡志のほうもあまりに気持ち良過ぎて、腰の動きを止められない。こんどは彼女の豊満な尻肉を鷲づかみにしながら、全身を使って怒張を振りたてた。

肉棒はとっくに痺れきっていて、射精の瞬間はすぐそこだ。

「はあああん、来てえ、あああ、今日は平気な日だからあ、ああ、中にい」

ほとんどろれつが回らないままに詩はそう告げる。そして同時に立ちバックの身体を弓なりにしてヒップをさらにうしろに突き出した。

「くうう、これ、くうう、もうだめです、おおお」

彼女がヒップを突き出したことにより、濡れた媚肉がぐりっと亀頭部を擦りあげてきた。

もういまにも破裂しそうな怒張を、歯を食いしばってどうにか耐えながら、聡志は最後のピストンを繰り返した。

「あああ、私も、あああああ、イク、イクううう、すごいいい、あああ」

快感に溺れるがままに詩も背中を弓なりにした。壁に爪を立てながら立ちバックの身体を起こして快感に肌を波打たせる。

「僕もイキます、ううう、くうううっ！」

セクシーなブラジャーとパンティ姿の長身美女の最奥に向かい、聡志は肉棒を突きたてた。

同時に怒張が膨張し熱い精が放たれた。

「あああ、来てる、あああん、聡志くん、ああん、精子もすごい、あああっ」

粘っこく大量の精液が膣奥に向かって断続的に放たれる。そのたびに詩は腰を折った身体をヒクつかせ絶頂の発作に歓喜している。

媚肉のほうもさらに締めつけを増し、大きく奥に向かってうごめいた。

「ううう、詩さん……ううう、すごい、こんなの、ううう」

肉棒を搾《しぼ》り取るような女肉の動きに、口をだらしなく開いたまま聡志は射精を続けた。

膣肉のこんな動きは初めての経験で、聡志は本能に身を任せ、大量の精を放った。

「あ、あああ、すごい、ああ、もうだめ……あ……」

ずいぶんと長く続いた絶頂の発作が収まると、詩はそのまま崩れるように床にへたり込んだ。Tバックのパンティが食い込むお尻がぺたんと落ち、スリットから溢れた精液が床に滴《したた》る。

「はあはあ……はあ……」

聡志のほうも、もう彼女にかまう余裕はなかった。グリーンのブラが食い込んだ詩の背中を見ながら荒い呼吸を繰り返す。

(最後のあれ……すごかった……)

射精しながら肉棒を媚肉で絞られる快感。甘く激しいそれに聡志は呆然となり、股間全体がジンジンと痺れていた。

「すごかったよ聡志くん、おかしくなるかと思った」

少し息が整ったのか、詩は振り返って汗に濡れた顔をこちらに向けた。

身体のほうも汗に塗《まみ》れていて、ブラに包まれた巨乳が弾み、なんとも淫靡《いんび》に見えた。

「これ、ほんとうにすごいね」

うっとりとした笑みを浮かべながら詩は、射精直後でだらりとしている感じの聡志の肉棒にキスをしてきた。

精子や愛液が絡みついているのもかまわずに、舌を丁寧に這わせていく。

「はうっ、くうう、こんなの、ううう」

射精したばかりの肉棒に舌が絡みつき、むず痒さに聡志は思わず腰を引いた。

それでも詩は強引に身体を寄せてきて、亀頭部を唇で包み込んで吸い込んだ。

「くううう、なんてことを、ううう」

射精直後の肉棒を責められるのは聡志も初めての経験だ。普段のフェラチオとは違う快感が腰を震わせる。

戸惑いながらも聡志は前屈みにした身体をくねらせていた。

「あれれ、もう硬くなってない？　聡志くんのおチ×チン、んんん」

ほんとうに吸い取られるかと思うようなバキュームフェラをしたあと、詩は目を丸くして言った。

そして亀頭のエラや裏筋に舌を大きく動かして舐め始めた。

「ええっ、くうう、嘘、ううう」

聡志自身も驚いたが、肉棒はたしかに硬さを増している。もともと一晩でなんどか射精した経験はあるが、こんなにも早く復活した記憶はない。

詩の巧みなテクニックに若い肉棒が強く反応していた。

「ふふ、まだ出来そうね、聡志くんとのエッチ」

ベロベロと男の感じる部分をくまなく舌で舐めながら、詩は淫靡な笑みを浮かべた。妖しく潤んだ瞳でじっと聡志を見あげながら、舌のざらついた部分を擦りつけてくるのだ。

「どっちがエッチなんですか、くうう、わかりました、詩さん、こっちへ」

萎《な》えた肉棒を無理矢理に勃《た》たせたくせにと文句を言いかけたが、淫靡に輝く大きな瞳とシースルーのブラに浮かんだ乳首と巨乳がその考えを奪った。

まさにこの衣装は、男の欲望をかきたてるのにひと役買っているのかもしれない。

そんなことを思いながら聡志は、彼女の腕を引いて立ちあがらせた。

「いやん、え、どこに」

されるがままの詩の長身の身体を、聡志は壁のほうに押し出した。

すぐうしろにベッドもあるのに、壁に背中を預ける形で詩を立たせる。

「このまま入れます」

最初にこの部屋で詩が見せたY字バランスのポーズ。大股開きでパンティのスリットからのぞいた肉唇が目に焼きついていた。

彼女の肉感的な左脚を持ちあげて、その部分を晒させると、聡志は下から再び勃起した逸物を押し込んだ。

「ひっ、ひぃん、あああんっ、これ、ああああ」

壁の前で片脚立ちの長身美女は背中をのけぞらせて、さっそく淫らに喘いだ。

二人の粘液にまみれている媚肉は、二度目の巨根をあっさりと受け入れていく。

「ひぃん、ああああっ、いい、あああああん、あああああ」

唇を大きく割り開いた詩はショートカットの頭を横に振って、一気に顔を蕩けさせていく。

瞳も妖しくなり呼吸も止まりそうになっていた。

「苦しくないですか？」

詩のほうを心配しながらも、聡志は本能の赴くがままに怒張を最奥に向かって突きあげていた。

きつめの感触はかわらずで、さらに濡れたような膣壁が亀頭に密着するのがたまらなかった。

「あああん、苦しくなんか、あああん、ないよう、あああん、いい」

両腕をうしろの壁にあてながら、詩は腰をよじらせてよがり泣く。

そんな彼女の反応に聡志も勢いづき、一気に高速のピストンを開始した。

「ああ、ひいいん、ああ、すごい、ああ、あああん、あああ」

シースルーブラに包まれた巨乳が、抽送のリズムに合わせて大胆に弾む。

生地の透けた乳首もかなり硬くなっているように見え、聡志はそこを指でグリグリと弄《もてあそ》びながら怒張を突きあげた。

「はうううん、ああ、すごいっ、奥、あああん、あああ、ああ」

片脚立ちの身体をのけぞらせて詩は大きく喘いだ。筋肉質の肩周りが震えて、腕も引き攣っている。

そして股間のほうに目をやると、いろいろな液体に濡れて変色した股布のスリットからさらなる愛液が怒張に掻き出されていた。

「あああっ、んん、あああ、いい、すごく気持ちいいっ、あああん、ああ」

快感に正直な詩は、頭を横に振りながら瞳を虚ろにしている。聡志はそんな彼女に煽《あお》られるように全身を使って怒張を打ちあげた。

「ひいん、あああん、だめになっちゃうよう、ああ、聡志くうん、ああ」

切なく訴えながら詩は聡志の肩を摑んでしなだれかかってきた。片脚立ちの彼女の身体を支えながら聡志は唇を重ねる。

「んんん、んく、んんんんん」

キスを交わすのと同時に激しく二人の舌が絡み合う。クチュクチュと粘っこい音をホテルの部屋に響かせながら互いの唾液を交換した。

もちろんこの間もピストンは続いたままだ。

「んんんん、んんん、んんくう、んんんん」

鼻から息を漏らしながら詩は強く聡志の肩を摑んできた。シースルー生地に覆《おお》われた巨乳が、二人の身体のあいだでぐにゃりと形をかえる。

彼女の引き締まった腹筋の辺りもビクビクと引き攣っていた。

「んんん、ぷはっ、あああああ、もうだめ、あああっ、またイク、ああっ」

そして詩はこらえきれないという風に唇を離して、大きな喘ぎ声をあげた。

強く聡志にしがみつきながら虚ろな瞳で限界を訴えてくるのだ。

「イッてください、うう、おおおおお」

聡志は下からの怒張を力の限りピストンした。濡れた媚肉の中を張り出したエラが擦り、先端が子宮も歪《ゆが》めんがばかりに打ち込まれる。

「あああああ、イクうううううううっ!! はうううん……っ」

詩は最後は雄叫《おたけ》びのような声をあげて全身を痙攣《けいれん》させる。力強く正面に立つ聡志にしがみつき、背中に爪を立ててきた。

「くうう、僕もイクっ」

爪が食い込む痛みを合図に、聡志も絶頂にのぼりつめた。

片脚立ちの詩の身体を自分のほうに抱き寄せながら、最奥に亀頭を擦りつけるようにして射精した。

「ああ、ああ、来てる、あああん、すごい、勢いで、あああん、ああ」

二度目というのを忘れたかのように、大量の粘液を彼女の膣奥に向かって放つ。

エクスタシーに震える女体がなんども引き攣り、聡志に抱えられた長い脚が空中で揺れていた。

「うう、そんなに締めたら……僕もまだ出ますっ」

詩の媚肉も一度目と同じように肉体が絶頂するたびに、絞るような動きを見せる。

強い締めつけに精液が尿道から吸い出されるような感覚を覚えながら、聡志は延々と長身美女の中に射精を続けた。

第二章　会社の倉庫で中出し快楽

翌日、二日目の出勤日も聡志はあまりやることがない。ただそれよりもたいへんなのは、初日から出向先の女子社員と関係をもってしまったということだ。

「とんでもないまねをしてしまった……」

二度もイキ果てて満足げだった詩とは、ホテルを出てそのまま別れた。自宅に帰る電車の方向がまったく逆だというのが理由だが、次の日はいやでも顔を合わせる。

今朝も彼女に対してどんな態度をとったらいいのかとビクビクして出社したが、詩のほうはわりとあっさりしたものだった。

「お、おはようございます、です」

逆に聡志のほうは朝の挨拶からどもってしまった。その様子を美悠がなんだか意味ありげな目で見てきた。

美悠は勘がよさそうなので、詩となにかあったと気がついているかもしれない。

「はあ……」

これからどうしたらいいのか、なんとか元の会社に頼み込んで戻してもらうかと、聡志はKの社屋の屋上にあるベンチでうなだれていた。

「お隣いいかしら」

この屋上はフリーの休憩スペースになっていて、他のベンチには社員たちがお弁当を食べたりしている。

ただまだいくつか空きベンチがあるのにもかかわらず、その女性は聡志の隣に腰を下ろした。

「私、総務部の課長代理をやってる清水夏帆《しみずかほ》。出向で来た佐山くんよね」

三十代といった感じの女性はカールのかかった少し茶色の髪がよく似合う、鼻の高い瞳も大きな美女だった。

ニットの上衣《うわぎ》にタイト気味のスカートの身体つきもグラマラスで、全身からムンムンと色香が漂っている。

特にえんじ色のニットの胸元は大きく前に突き出し、つい聡志の目はそこに向けられた。

「は、はい、そうです、はい」

それをごまかすように聡志は慌てて夏帆の顔を見た。少し垂れ目の瞳のすぐ下に小さなホクロがありそれもまた色っぽい。

「あなたもたいへんね、来て早々にごめんなさい」

総務といえば会社の中では何でも屋だ。だから聡志がイノベーション開発課に配属になった事情も当然聞いているのだろう。

優しげな感じの美熟女《びじゆくじよ》だが有能そうな印象も受ける。総務ということはトラブル解決にもあたらなければならない部署で、そこで課長代理をしているのだから、やはり仕事が出来る人なのだろう。

「い、いいえ、もうそれは仕方のないことですから。突然らしいですし」

下着部門が買収された話は、イノベーション開発課の皆も昨日の朝まで知らなかったというから、よほど急に決まったのだろう。

だから別にその件で聡志は、恨《うら》み言を言うつもりはなかった。

「ふふ、いい子ね」

隣に座る美熟女はそっと自分の手を聡志の膝の上に置いてきた。

その自然なボディタッチに聡志はドキドキしてしまう。夏帆の垂れ目の瞳を見つめていると吸い込まれそうだ。

（いかん、なにを考えてるんだ僕は）

つい数分前まで出向早々に女子社員と関係を持ったことを気に病んでいたというのに、こんどは年上女性にときめいている。

いずれ劣らぬ美女たちだから仕方がないといえばそうだが、あまりに節操がないように思えた。

「でも美人ばかりでしょ、あそこの部署」

「えっ、いや、まあはい」

そんな聡志の気持ちを見透かしたかのような夏帆の言葉に、つい返事がうわずってしまった。

「美悠ちゃんなんてコスプレ業界じゃ有名らしいよ。レイっていう名前でネット検索したら、けっこう写真出てくるしね」

そういえば昨日、美悠と初対面のときに『またの名は』とか言っていた。そんな別の顔が美悠にはあったのだ。

たしかに可愛らしい顔立ちだから、女性キャラクターの衣装も似合いそうだ。

「あ、もしかして衣装も自分で？」

「そう、美悠ちゃんが型紙を作って詩ちゃんが仕上げてるみたいよ。全部衣装は自作だって」

美悠に引きずられる形で最近は詩もコスプレのイベントなどに参加していると、夏帆は付け加えた。

長身で整った顔の詩は、男装などで女性に人気だそうだ。

「ずいぶんと詳しいですね、仲がいいのですか？」

総務だからいろんな課と繋がりがあるのはわかるが、それ以上に夏帆はイノベーション開発課の皆に思い入れがあるように感じた。

美悠や詩の話をしてるときの夏帆は、なんだか嬉しそうだからだ。

「そうね。課長の夕紀は私の大学の後輩なの。とはいっても八つも歳が離れてるからあの子が入社してきてからの関係だけど……いまは不本意だろうけど、がんばって欲しいと思ってるんだ」

「不本意？」

笑顔が消えて少し目を伏せた夏帆に、聡志は聞き返した。

「うーん、まあでもいずれわかることだからいいかな。イノベーション開発課っていうのはいわゆる窓際部署なのよ、ちょっと問題を起こしたりした人間が配属されてるところなの」

少し迷った風の夏帆だったが、一度、ベンチにもたれて背伸びをしてから語りだした。

「問題？」

背中を反《そ》るようなポーズをとるとニットのセーターを膨らませる巨乳が強調され、さらに上下に弾んだ。

ただそんなことを気にしている場合ではない。問題とはなんのことだろうか。

「もともとセクシー系の服や下着なんか会社は本気で売ろうとは思ってないのよ、他の部署に置いておけなくなった社員を集めてるの」

真面目な顔の夏帆が嘘を言っているようには思えないが、彼女たちは皆明るくて優しく、つまはじきに遭《あ》うような人間には思えなかった。

「美悠ちゃんは、コスプレイヤーとしてけっこう稼いじゃってるから……。副業は禁止じゃないけど、服にかかわる副業っていうのが上の人たちの鼻についたのね」

写真集などのグッズの売りあげだけでなく、衣装を頼まれて制作していたりしたのが、アパレルメーカーとしては問題アリと判断されたと夏帆は言った。

「あとまあ詩ちゃんはねえ、あはは、同じ部署の男の人たちといろいろあってね、全部食べちゃったというか」

美悠の話のときとはうって変わって、夏帆は苦笑いを見せながら詩の話をした。

「ぜ、全部って、部署の全員ってことですか……」

そういえば昨日も詩はラブホテルに入るのも平然としていた。男とセックスをすることが当たり前のような感覚なのだろうか。

「あなたも気をつけたほうがいいわよ。あれっ」

詩の話を聞いた聡志は頬を引き攣らせ、口をぽかんと開いて固まっていた。その顔を見て夏帆はすぐに察したようだ。

「あはは、もしかしてもう食べられちゃったの？　あはは、はやーい」

聡志がとくに否定しないので、夏帆はお腹を抱えて笑っている。聡志はただ呆然となるばかりだ。

大胆な女性だとは思っていたが、同じ課の男性社員を食べまくるほどの肉食獣とまでは思いもしなかった。

「すごいわねえ、あはは……あら、もうお昼休み終わりだ。行きましょう」

最後に夕紀がイノベーション開発課にいる理由も聞きたかったが、どうやら時間切れのようだ。

夏帆が先に立ちあがり、聡志もあとをついて階段に向かう。屋上にいた他の社員たちもバラバラと仕事に戻って行く。

(たしかに日陰部署だよな)

夏帆が所属している総務課も同じ三階にあるので、一緒に階段を降りていく。

総務課の周辺は明るそうな感じだが、イノベーション開発課への廊下はいかにも薄暗くて、なるほど窓際だ。

(感心してる場合じゃないよな。これから一年間、僕も窓際なのか？)

出向は一年になると言われている。その期間を窓際の部署で、その仕事の役にすらたてない状態で過ごすのか。

これはさすがになんとかしなければと、聡志は気が重たくなった。

「あら夏帆さん」

三階まで階段を降りてきたところで、昼休み終わりらしき詩が紙パックのジュースを飲みながら歩いてきた。

(肉食獣……)

毛先がはねたショートカットがよく似合う長身美女は、今日もパンツにセーターの素っ気ない服装だ。

それでも際立《きわだ》つ美人なのだが、この一見さっぱりした感じの詩が男を食べまくっているとは。ほんとうに見た目ではわからない。

「ふふ、詩ちゃん、あなたさっそくこの子としちゃったんだって？」

うしろから階段を降りてきた聡志を指差して、夏帆はクスクスと笑った。

「ちょ、ちょっと」

真っ昼間の会社の廊下で当たり前のようにセックスの話をした夏帆に、聡志は目をひん剝いた。

この会社は性行為に対するハードルが低いのか？　ただ詩がそれで窓際に追いやられたということは、この二人だけが特別なのだろうか。

「さすがにそのつもりはなかったんですけど、聡志くんのアレがすごい巨根で」

そして詩も平然とした様子で肉棒のサイズを話している。その顔が仕事中とまったく変わらず、聡志はもう驚き過ぎて固まっていた。

「えっ、そうなの、そんなにすごかったの？」

「はい、このくらい」

そんな聡志を尻目に、夏帆の問いかけに詩が両手でモノのサイズを示してみせた。

「え、そうなの？　ええ、聡志くん、ちょっとじゃあこっちへ」

一瞬戸惑いを見せたの夏帆だったが、なぜか聡志の腕を抱えて引っ張っていく。

「ええっ、ちょっと夏帆さん、どこへ」

彼女の柔らかい巨乳が自分の腕に押しつけられ、戸惑う暇もなく聡志は夏帆にどこかへと連行されていく。

「あ、詩ちゃん、夕紀に聡志くんとちょっとミーティングするからって伝えといてね」

「了解っす」

聡志を引っ張りながらうしろを振り返った夏帆に、詩が半笑いで手を振った。

「いやちょっと、夏帆さん、ええっ!?」

夏帆に連れて行かれたのは倉庫として使われている一室だった。窓がひとつだけというところも、広さもイノベーション開発課の部屋と同じだ。

こちらはスチールの棚に段ボール箱が並んだ本物の倉庫だ。

「ミーティングって、言ってましたよね、うわ、ちょっと」

そこの壁際に聡志は夏帆によって追いやられていた。

壁を背にした聡志の前に、タイト気味のスカートから伸びた白い脚を折ってしゃがんだ夏帆は、一心に前を見つめながら手を伸ばしてきた。

「総務課の課長代理としては、こういうのは確認しとかないと。……ほんとだ、まだ柔らかいのに大きい」

その白く長い指は聡志のスーツのズボンの股間を握っている。さらにもう一方の手でベルトまで緩め始めた。

「ど、どこの世界の総務にこんな仕事が、わっ、ちょっと」

文句を言っているあいだにファスナーまで下ろされ、ズボンが足元に落とされた。

さらにパンツも引き下げられ、肉棒を剝き出しにされた。

「うわあ、すごーい、んんんん、んく」

まだ萎《な》えた状態でもかなりのサイズを誇る聡志の逸物に、夏帆は躊躇《ちゅうちょ》なく舌を這わせてきた。

形の整った唇が柔らかい亀頭に押しつけられ、濡れた舌が絡みついてくる。

「だめですって、仕事中、うっ、くううう」

さっき夏帆は、ちょっとミーティングするから部署に戻るのが遅れると総務に連絡していた。

これがミーティングかと文句を言いたいが、唾液を絡ませながら亀頭を這い回る夏帆の舌に言葉を封じられた。

「んんん、んんん、んん」

夏帆はリズムよく舌を動かし、さらに口内に飲み込んで大胆にしゃぶりだした。

亀頭が口腔の濡れた粘膜に擦られ、快感が聡志の身体を突き抜ける。

「んんん、ぷはっ、ほんとにすごい巨根ね、びっくりだわ」

怒張を一度吐き出し、夏帆は目を丸くしている。ただそのあいだも指を絡ませるようにして竿の部分をしごきあげていた。

(この人も詩さんと同じ種類の人間)

セックスに貪欲《どんよく》で大胆に男を求める性の肉食獣。勃《た》ちあがってきた聡志の逸物を見つめて輝く瞳は詩と同じに思えた。

(でもこの人は違和感ない、えっ)

垂れ目の二重《ふたえ》の瞳の下に小さなホクロ、少しふっくらとした白い頬。まさに女の色香を凝縮したような美熟女だ。男なら誰でも魅入られてしまうのではないかと思っていると、夏帆は肉棒から手を離してニットのセーターを脱ぎ始めた。

「ええっ、うっ」

えんじ色のセーターが首から抜けると、中から黒のブラジャーに包まれた巨乳がブルンと揺れて飛び出してきた。

抜けるような白い肌と黒下着のコントラストがなんとも色っぽく、聡志は息を呑んで見つめている。

レースのあしらわれたカップもハーフタイプで、柔らかそうな上乳が大きくはみ出していた。

「うふふ、詩ちゃんと同じHカップよ。まあ張りはさすがに二十代にはかなわないけれどね」

うしろに手を回すと、カールのかかった茶色い髪が垂れた背中にあるホックを外した。ブラジャーがはらりと下に落ち、ボリュームのある白い肉房がこぼれ落ちる。

(なんてエロいおっぱい……)

長身の詩に比べると身体が小さい分、同じHカップでもさらに大きく見える。

そしてしっとりとした感じの白肌がなんとも艶《なま》めかしく、少し大きめの乳輪がぷっくりとしているのもいやらしく、もう聡志は呆《ほう》けたような顔で見つめるばかりだ。

「おチ×チン大き過ぎるから、ふふ、挟めるかな」

笑みを向けた夏帆は、タイトスカートだけになった身体を、立っている聡志の足元に持ってきた。

そして自ら柔乳を持ちあげると、夏帆の色香にあてられてギンギンの状態の肉棒をしごき始めた。

「くうう、あうっ、夏帆さん、これ」

しっとりとした肌が肉棒に吸いつきながら擦りあげていく。

豊満な肉房が上下にゆっくりと動き、血管が浮かんだ竿から亀頭にかけてを、ねっとりと愛撫していくのだ。

「はうう、ううう、すごい、ううう」

豊乳のパイズリはまさに極上で、聡志は腰を震わせながら壁にもたれた身体をよじらせていた。亀頭の先端からはカウパーの薄液が出ていて、それが潤滑油《じゅんかつゆ》の役目を果たして快感を煽りたてている。

「うふふ、聡志くん、気持ちよさそう」

夏帆はどんどんパイズリのスピードをあげていく。ぐにゃりと歪《ゆが》んだ柔肉の谷間から赤黒い亀頭が姿を見せては消えた。

「すごくいいです、くうう、ううう」

もう聡志は乳房の甘い感触に溺れきっていた。仕事時間中だというのも忘れて下半身だけ裸の身体を震わせている。

「素直でよろしい、ほらもっと」

さらに巨乳で押し包んで夏帆は責めてくる。変形した柔乳が高速で上下に振りたてられる。

(詩さんも夏帆さんも同じHカップ、エッチだからHカップなのか)

淫らで大胆な美女二人。そしてもうひとりのHカップ、夕紀の顔がなぜか聡志の脳裏に浮かんだ。

(いや、あの人はそんな)

恥ずかしがり屋で真面目な夕紀にも、淫らな本性があるのか。そう思う聡志だったが、強い快感が押し寄せてきて思考を奪われる。

カウパー液に濡れ光る白い肌が強く亀頭のエラや裏筋に擦られ、腰が震えるほどの痺れに翻弄《ほんろう》されていた。

「はいっ、くううう、気持ちいい」

怒張は爆発寸前の状態でずっと脈動を繰り返し、膝の力が抜けてしまって立っているのも辛い状態だった。

「うふふ、可愛いわ聡志くん。このまま出す?　それとも」

パイズリを止めた美熟女は、いたずらっぽく笑いながら潤んだ瞳を向けてきた。

唇も濡れていて甘い吐息が漏れている。目の下のホクロがまたさらにその色香を強調していた。

「も、もちろん、でもその前に」

仕事中なのに最後までいっていいのかという考えと、彼女のすべてを肉棒で感じたいという本能が交錯する。

若い聡志はすぐに牡《おす》の本能に従うほうを選ぶのだが、その前に目の前の女の色香を凝縮したような夏帆のすべてを見たいという感情に囚われた。

「夏帆さん、交代してください」

急に壁にもたせかけた身体を起こした聡志は、夏帆の手を引いて立ちあがらせ、今度は彼女を壁のほうに向かせた。

自分はその肉感的な両脚の前に膝をつき、こちらもたまらないくらいに盛りあがっているヒップを包んでいるスカートをまくりあげた。

「あっ、いやん」

壁に手をついてお尻を突き出す体勢の夏帆は、抵抗する様子はまるでない。スカートが腰までずりあがり、ブラジャーとお揃いの黒いパンティが露《あら》わになった。

「大きくてエッチなお尻ですね」

聡志は、豊満な尻肉に食い込んでいる黒いパンティを脱がせる前に、一度撫《な》でさすった。

視界には黒い股布が見える。もちろん普通のタイプだが、なんだかムンムンと色っぽい香りが漂っていた。

「ああん、大き過ぎるから、お尻あんまり好きじゃないの、はうん」

そんなことを言いながらも夏帆はむっちりとした桃尻をくねらせている。先ほど張りの話をしていたが、あまり垂れているような感じはない。

逆に見事なくらいの丸みを持っていて、食い込んだ黒い布がそれをひきたてているように見えた。

(スリットがあるわけじゃないし、脱がせるしかないな……)

もちろんだが、聡志はこの丸みの強い熟尻がたまらない。黒いパンティを穿かせたままというのも考えたが、詩のときとは違う。

そんなことを考えていて聡志ははっとなった。いつの間にか自分も淫らなデザインの下着に慣れ始めている。

「真っ白で大きなお尻が僕は好きですよ、脱がせますね」

初対面でいきなり透けたバストを見せてきた女たちのペースに、馴染《なじ》んできている。

それに夏帆が気がついているわけではないだろうが、聡志はごまかすように言いながら黒パンティを引き下ろした。

「あっ、やあん、あっ、そこは、あ、あああ」

足首までパンティが下ろされ、夏帆はパンプスと腰までずりあがったスカートだけの姿になった。

しっとりとした白肌の肉感的なボディの股間に聡志は手を入れていく。すると夏帆は背中を跳ねあげた。

「あっ、はうん、そこだめ、あああ、あああん」

クリトリスを指の腹でこねるようにすると、大きなヒップを揺すって夏帆は切ない声をあげる。

少しこちらに向けた瞳が一気に妖しくなっていく夏帆の、もうひとつの変化に聡志は気がついた。

「すごく濡れてますよ、ここ」

彼女の背中を見て立っている聡志側から見たら、クリトリスの手前にある膣口。そこはすでに大量の愛液にまみれている。聡志は続けて指を二本差し込んだ。

「だって、あああん、ああ、そこ、あああ、あああん」

壁に手をついたままカールのかかった髪を揺らし、夏帆はさらに喘ぎを大きくした。

指は先が入っているだけなのに、もう切羽詰まった声が出ている。

「もうドロドロですね、どうします？　これ」

あまりに強い反応の美熟女に意地悪な声をかけながら、聡志は指を大きく動かした。

ねっとりとした感触の媚肉に指が絡みつくのを感じながら、強めに刺激する。

「あああ、はあああん、ああ、だって、あああああ、身体がずっと熱くてっ……。あああん、もうだめ、ああっ、聡志くんの、ちょうだい」

課長代理の美熟女は蕩けきった瞳を向けて訴えてきた。この濡れかたからしてフェラチオのときからここは蕩けていたのだろう。

ずっと昂ぶっていた成熟した身体はもう耐えきれないのだ。

「わかりました。そのまま腰を下ろしてください」

聡志はスカートが絡みついているだけといった感じの夏帆の腰を摑んで引き寄せながら、自分は床にお尻をついて座る。

土足の床が肌に直《じか》に触れるし、そもそもここは会社の中だという思いもあるが、聡志もまた目の前の色香溢れる肉体に魅入られていた。

「あっ、こ、こう、ああっ、あああ、これっ、ああ、あああああん」

聡志に誘われるがままに壁のほうを向いた状態で、夏帆は肉感的なヒップを降ろしてきた。床に座った聡志の肉棒の上に白い尻肉が乗り、膣口に亀頭が吸い込まれる。

「あああっ、はううううん、大きい、あっ、ああああああっ」

すぐにすごい声をあげ、夏帆は肉付きのいい上半身をよじらせる。背面座位で肉棒を飲み込んでいく彼女の身体の前で巨乳がブルンと弾んだ。

「夏帆さんの中も……うう」

指のときに感じていたとおり、夏帆の熟した媚肉は吸いついてくるような感触で、亀頭のエラや裏筋にやけに絡みついてくる。

肉棒が一気に痺れていくのを感じながら、聡志はほどよく引き締まった夏帆の腰を自分のほうに引き寄せた。

「ひっ、ひああ、奥、あああああん、あああああ」

あまりの媚肉の心地良さに、思わず一気に最奥にまで挿入してしまった。

巨尻が聡志の太腿に密着し、肉棒の先端部が膣奥からさらに奥に食い込んだ。

「ああぁ、これっ、あああん、すごいい、あああ」

外に聞こえるのではないかと心配になるくらい、夏帆は悲鳴のような喘ぎ声をあげている。

お尻を大きくくねらせる夏帆はさすが熟女とでも言おうか、巨根を一気に挿入されてもしっかりと快感を貪《むさぼ》っている。

「いきますよ、夏帆さん、くうう」

一気に乱れ堕《お》ちていく課長代理のスカートが絡みつく腰を抱きながら、聡志は床に座る身体を揺すった。

肉棒が上下にピストンされ、膣奥をリズムよく突きあげた。

「ああ、ひぃん、あああ、来てぇ、ああん、あああ」

聡志の膝の上でグラマラスな身体をよじらせながら、夏帆はどんどん快感に溺れていく。

白い背中もピンクに上気し、大きく盛りあがったヒップを小刻みに震わせる。

「あああ、夏帆さん、おお」

媚肉のほうも次々に溢れてくる愛液にまみれながら、亀頭に強く絡んでくる。

その吸いつくような感触がたまらず、聡志はもう夢中で腰を振りあげた。

「あっ、ひぃいん、ああ、おかしくなっちゃう、こんなに感じて、私、ああ」

背中を反らしたり前屈みになったりを繰り返しながら、夏帆は背面座位で逸物を食い締め、自分の指を嚙《か》んで喘ぎ続ける。

あの普通にしていても色っぽい顔がいまどうなっているのか、聡志は気になった。

「夏帆さん、こんどは」

顔だけを振り向かせようかとも思ったが、聡志は彼女の脚のほうを摑んで態勢をかえさせようとする。

背中を向けている夏帆の左脚だけを持ちあげると、肉棒を膣の中ほどまで抜き、彼女の身体を回転させた。

「ひいっ、ひあああああん！」

引いたとはいえ肉棒は半ば膣内にあるので、身体の回転の勢いで媚肉に怒張が強く食い込んだ。

強い快感が突き抜けたのだろうか、夏帆は目を泳がせながら頭をうしろに落とした。

「大丈夫ですか？　夏帆さん」

体位が向かい合う対面座位に変わり、聡志は彼女の脚を下ろした。息も絶え絶えな様子の彼女を見ていると、さすがにやり過ぎたかなという思いになる。

「はあはあ、もう、ああ、意識が飛びかけたわ、もうっ」

荒い呼吸を繰り返しながら夏帆は文句を言っている。少し頰を膨らませた彼女はなんだか可愛らしい。

そしてこちらを向いた瞳はどこか妖しく蕩けていて、聡志は引き込まれそうだ。

「夏帆さん、いいですか、動いても」

肉棒はまだ半分、外に出たままだ。もう夏帆の額には汗まで浮かんでいて、半開きの唇が濡れていてなんとも色っぽかった。

「うん、いいよ来て、ああ……激しくして」

淫靡に輝く唇を微笑《ほほえ》ませ、夏帆は聡志の肩を摑んできた。その笑顔は欲望と淫情に満ちていて、聡志はさらに興奮し腰を突き出す。

半分以上外に出ていた逸物がゆっくりと中に入っていく。

「あっ、あああん、深い、あああん、深いわあ、あああ」

怒張が膣奥に達し、さらに奥の奥へと突きあがる。聡志の膝に乗せたお尻をくねらせて、夏帆は歓喜の声をあげた。

「あああ、あっ、すごい、ああ、あああん、あああ」

そして腰を動かし始めると激しいよがり泣きを始める。貪欲に肉棒に身を委《ゆだ》ね、ただひたすらに快感に酔いしている。

荒い息を吐きながら甘い声を倉庫に響かせる美熟女は、もう一匹の牝と化していた。

(すごくエロい)

そんな夏帆の蕩けた顔を見つめ、聡志もまた興奮を深めていた。

夏帆のもともと垂れ目の瞳の目尻がさらに下がり、視線は完全に宙をさまよっている。頬は赤らみ唇も半開きのまま湿った息を漏らしていて、聡志はこれが見たかったとピストンに力が入った。

「もっと感じてください、夏帆さん、おおお」

どこまでもこの美熟女を狂わせたい。聡志はそんな思いに囚われながら、巨根を下から突きあげた。

「ひあああ、激しいっ……あああん、すごいい、いい、あああっ！」

聡志の肩を摑んだまま夏帆は頭をうしろに落とし、ほとんど真上を向いて絶叫した。Hカップの巨乳がまるで自分の意志でも持ったかのように自在に踊り狂う。その先端にある色素の薄い乳首は、はっきりと尖りきっていた。

「あああ、ああああん、いい、あああ、はうん、いい、ああ、たまらない」

そのまま自ら腰を横に揺らしながら夏帆はどんどん酔いしれていく。

怒張に翻弄《ほんろう》される白い身体が、汗を浮かせてビクビクと痙攣し始めていた。

「うう、夏帆さん、それ、くう、すごい」

彼女の巨尻が横に動いたことにより、縦に突きあげている怒張に媚肉が擦りつけられる。

亀頭を濡れた媚肉でぐりっと擦られ、強い快感に聡志も喘いでいた。

「あぁん、聡志くうん、あああ、ああっ、いい、気持ちいい、ああ、もうだめぇっ」

そして夏帆は限界を叫んで聡志の肩を強く摑んできた。

「イッてください。夏帆さん、僕も」

吸いつく媚肉に暴発寸前なのは聡志も同じだ。スカートが腰にまとわりついた彼女の身体を抱き寄せると一気にピストンを速くした。

「あああ、来てえ、あああ、お薬あるからあっ、ああ、中にっ、精子ちょうだい」

唇を大きく割り開いた夏帆はもうほとんど叫び声でそう訴えてきた。

その瞬間の瞳はさらに妖しくなり、熟した女の淫情が溢れていた。

「はいい、いきます、おおおお」

とどめとばかりに聡志は夏帆の腰を抱きしめて固定し、怒張を突きあげる。

いきり立った巨根が男の膝に跨がる肉感的な桃尻の中心を出入りし、愛液が床に飛び散った。

「あああっ、イク、イク、イッちゃううううう！」

一気に顔を崩した夏帆は聡志の肩を強く握りながら背中をのけぞらせた。

Hカップの巨乳が大きく弾み、汗に濡れた肌が波打つ。その尖った乳頭を唇で捉え、聡志は強く吸いあげた。

「あああ、そこも、あああん、イクううううう」

スカートがずりあがった身体をなんども痙攣させながら、夏帆は悦楽《えつらく》に酔いしれている。

聡志の腰にまとわりついた白い両脚も激しく引き攣りを繰り返していた。

「僕も出ます、ううっ、イクッ！」

聡志も歯を食いしばり肉棒を爆発させた。膣奥に押し込まれた亀頭部から、粘っこい精が子宮へと放たれる。

「ああん、すごい勢い、あああん、お腹の奥まで届いてるわ、ああ」

濡れた瞳で聡志を見つめながら夏帆は歓喜の声をあげている。精子が打ち込まれるたびに肉感的な身体が大きくよじれる。

ムチムチのお尻の肉がその動きにつられて波を打っていた。

「ああん、もっと出して、あああ、あああ」

断続的にわきあがるエクスタシーの発作に歓喜しながら、夏帆は聡志の首に腕を回してくるや、濡れ光る唇を押しつけてきた。

「んんん、んく、んんんんんん」

聡志も逃げることなくそれを受け入れ、熟女のねっとりとしたキスに溺れながらなんども精を放ち続けた。

行為が終わると一気に恐怖がわきあがってきた。出向二日目に他の課の課長代理と、それも仕事中に職場で肉体関係を持ってしまったのだ。

射精が終わって冷静になると、とんでもないことをしでかしてしまったと、聡志は逃げ出したくなった。

「ああ……すごかったわ……」

こちらはうっとりとした様子で夏帆は余韻に浸《ひた》っている。ただすでに脱いでいた服は身につけている。

こういうところは、女は強いと思わせた。

「今日は聡志くんの精子をここに入れたままお仕事するわね」

なんとかパンツだけ穿いてまだ床に座っている聡志の前に膝立ちになり、夏帆は湿っぽい声で囁いてきた。

その声色《こわいろ》と、少し上気した快感の余韻が残る顔がなんとも淫靡で、聡志はごくりと唾《つば》を呑んだ。

「うふふ、可愛いわ」

聡志の頬に軽くキスをして夏帆は身体を起こした。えんじ色のセーターの下でブルンと巨乳が弾む。その様子を見ていると、さっきの踊るHカップが頭に蘇《よみがえ》る。

聡志はまた勃起しそうになって少し腰を引いた。

（こんなに色気ムンムンの状態で、ばれないのかな……）

夏帆の垂れ目の瞳はいまも潤んでいて、事後の雰囲気が溢れかえっている。

その妖しげな瞳を見るだけで、なにかあったのではと他人に感づかれてしまうのではと心配になった。

「あん、やん、いま奥でビクンッてなった。聡志くんの大きいのを思い出してるのかな、アソコが」

「ええっ、そ、そうですか」

この女性は天然に男を惑わせるのか、濡れた唇をセクシーに尖らせていたずらっぽく言った。

その言葉を聞いて目線を彼女の下半身に向けると、タイト気味のスカートから出ている白くむっちりとした太腿が目に入り、聡志はもう頭がクラクラしてきた。

「ふふ、つれないのね。まあいいわ、これでミーティングは終わりだけど、なにか質問はある？」

なんとかして平静を保とうとする聡志にまた色っぽい目を向けながら、夏帆は身体を起こした。

あくまでミーティングだと言いたいようだが、話し合いの欠片《かけら》もない。

「あ、そういえば、夕紀さんは……課長はどうしてイノベーション開発課に」

屋上で話をしていたときに詩と美悠が窓際部署だというイノベーション開発課に飛ばされた理由は聞いたが、夕紀のところで時間切れになってしまった。

詩と美悠、ついでにこの夏帆に比べて夕紀は真面目で堅物な印象さえ受けるのだが、なぜ左遷のような目にあっているのだろうか。

「ああ……夕紀は営業部で成績もよくて期待のホープだったんだけど、取引先の社員を殴《なぐ》っちゃって」

「ええっ」

そこまで気が強そうにも見えなかったが、華奢《きやしゃ》な体格の夕紀が人を殴るとは、想像も出来なかった。

「殴ったって言っても、向こうが夕紀に無理矢理迫ろうとしたからなんだけどね、既婚者のくせに。ただ暴力はいけないということで、それなりの処分を……ってなったのよ」

セクハラにもあたるので、本来は夕紀の正当防衛だと夏帆は言った。ただその席をセッティングしたのはKの営業部長で、どうやらその迫った人間をたきつけていたらしい。

その営業部長も処分として役員への昇進が見送られた。そして夕紀もいちおう体面上は主任から課長に出世という形をとられたものの、窓際に送られたというわけだ。

「そんな……」

「その営業部長って、派閥も持っているくらいの実力者だからね。会社の中でもけっこう割れたんだけど」

夕紀がまたこの会社で上にいこうと思えば、いまの部署でなにか実績をあげるしかない、でも扱っている商品が商品だけにね、と夏帆は付け加えた。

「まあ私の可愛い後輩でもあるから、力になってあげてね」

にっこりと笑いながら夏帆は髪を整えだした。その笑みは先ほどの色っぽいものから変わって、母のような慈愛に満ちていた。

第三章　過激コスプレでイキ果てる巨乳娘

たった二日間で連続して女子社員と関係を持ってしまった聡志だったが、さすがに反省して、それから一週間はなにごともなく過ごした。

ただ仕事でやることが出来たわけではないので、事務処理の手伝いをする日々が続いている。

「どう聡志くん、男性から見てグッとくるようなものがある？」

社内にある会議室。こちらは窓も大きくて陽の光が差し込む部屋でイノベーション開発課の面々はそこのテーブルを囲んでいた。

その上には色が派手目なキャミソールや、どう着るのかわからないような下着が所狭しと並べられている。

「え、でもまあこれだけ見ても、うーん」

この一週間で、こういう性的な目的の服や下着に対してあまり抵抗がなくなったように思う。

それはそれでどうかと思うが、ただ服に関して素人の聡志は、商品だけを見せられてもイメージがうまく出来なかった。

「マネキンに着けてみる？　それとも人間が着たほうが興奮するかな、夕紀さんとか」

「えっ」

いたずら者の美悠が笑顔を浮かべながら、テーブルの上の下着を見つめる聡志に言った。

いきなりそんなことを言われて聡志はどきりとした。細身《ほそみ》なのに出るところはすべて出ている夕紀が、こんな下着を着けたらどんな風になるのだろうか。

「ちょっ、ちょっと美悠ちゃん、なにを」

そして真面目な夕紀は一瞬で顔を真っ赤にしている。この中でいちばんの年上だがもっとも純真だ。

まだ未婚らしいし、普段も下ネタの冗談などとても言えないような雰囲気の彼女だが、たまに言われると初々《ういうい》しい反応を見せた。

（可愛い……）

そんな女上司を聡志は可愛らしく思ってしまった。うりざね顔の白い頬をピンクに染めて、泣きそうな表情を見せる彼女はなんとも愛《いと》おしい。

「このトルソーに着けてみますか？　夕紀さんに比べたらずいぶん貧乳ですけど」

こんどは詩が、アパレルメーカーらしく会議室にも置かれている、マネキンの胴体だけのものを指差した。

胴体だけのマネキンをトルソーと呼ぶらしい。脚のかわりに鉄製の支柱が本体を支えている。

「そうねえ、夕紀さんと比べたら物足りないよねえ」

ニヤニヤと笑いながら、テーブルに並べられたセクシー下着の一枚を美悠がそのトルソーに着せた。

さらにテーブルの上にあった布を丸めて胸のところに押し込んでいく。

「こんな感じかな。夕紀トルソー」

両胸に布が詰められたその下着は、分類としてはブラジャーからパンティまで一体になったボディスーツなのだろうが、とうていそう見えないデザインをしていた。

目を引くのは、その無残なまでの露出度だ。トルソーの胸や股間をT字形に赤いレースの帯が隠しているデザインなのだが、その幅は十センチほどしかない。

腋から反対側の腋までその赤レースの帯が横に、胸の谷間の位置から縦のベルトがまっすぐ股間にふんどしのように食い込んでいた。

「い、いや、ちょっとやめて、どうして私になるのよ」

よく見たらレースの素材も透けているので、ほんとうに女性が着けたら乳首や陰毛も見えるだろう。

もちろん腰骨やウエストの横辺りにはなにもない。夕紀が顔を真っ赤にするのも無理はなかった。

「お尻もちょっと入れたほうがリアルですかね、夕紀さん大きめだし」

背中側も肩甲骨《けんこうこつ》の辺りに横のレースの帯が、そこからTバックのように縦のベルトがヒップの谷間に切れ込む。

もちろんお尻はほぼ丸出しなのだが、十センチほどの帯とトルソーのあいだに詩も布を畳んで詰め込んだ。

「やだやだ、こんなの私じゃない、やめてええ」

もう夕紀は恥ずかしがる子供のように顔を手で覆って頭を横に振っている。

よく見たらセクシーな下着とプラスティック素材のトルソーとのあいだに折りたたまれた布が挟まれているだけなのだが、美悠が煽ったせいか夕紀は強く恥じらって泣きそうになっている。

「えーじゃあリアリティを追求するために、夕紀さんが一度着けてみますか？　それで聡志くんの反応を見てみるとか」

「いやああ、絶対に無理ぃ」

絶叫を会議室に響かせて夕紀はもうしゃがみ込んでしまった。生真面目《きまじめ》な彼女は仕事で使うトルソーが自分になったような気持ちになっているのかもしれない。

(夕紀さんがこれを着たら)

そして若い男である聡志はつい、うずくまる夕紀のスーツのスカートを引き裂きそうな大きなヒップを見たあと、彼女が赤いT型下着を着た姿を想像してしまう。

色白の肌で細身だが、出るところは出た身体を赤いレースの帯が彩る。ただ帯が狭いのでHカップだという乳房はほとんどはみ出すはずだ。

腰回りや豊満なお尻を晒した夕紀を想像したら、たまらなく興奮してきた。

「い、いや、じっと見ちゃだめ、聡志くん」

聡志がじっと赤いレースの下着を見ていることに気がついた夕紀が、慌てて立ちあがって訴えてきた。

少し開いたブラウスの襟元からのぞく白い肌がピンクに染まっていて、なんとも色っぽい。

「す、すいません」

トルソーに夕紀のヌードを重ねて欲望をたぎらせていたことに気づかれたと、聡志は慌てて身体ごとひねって反対側を向いた。

「もう、いやあ、恥ずかしい」

背中からさらに夕紀が恥じらう声が聞こえてきた。申し訳ないという気持ちがある一方で、普段はもの静かな彼女が声をあげて恥じらう姿はなんとも可愛らしかった。

「でも美悠さん、聡志くんってアソコの反応がちょっとよすぎるから、参考にならないかもですよ。二回目のときもすぐに勃起したし」

夕紀に気を遣って視線を外している聡志を見ながら、詩がぼそりと言った。

「ちょっ、ちょっと詩さん、なにを」

詩と自分のあいだになにかあったというのを示唆した言葉に、パニック気味に聡志は夕紀を見た。

どうしてかわからないが、なぜか頭と目が勝手にそちらを向いた。

「に、二度目って」

夕紀にも聞こえていたようで、スーツ姿で呆然と立ち尽くしている感じだ。

「すごいんだってねえ」

美悠のほうはなんだか変な目をしながら聡志の股間に目を向けていた。その言葉からしてどうやら、詩と聡志が関係を持ったというのも伝わっているようだ。

「夏帆さんもおかしくなるかと思ったたって言ってましたよ」

性の獣の詩はトルソーに着せたT字の下着の縫い目などを確認しながら、さも当たり前のように言った。

彼女にとってセックスの話をするのは呼吸をするのと同じなのか。

「へえー、こんどは私も味見させてもらおうかしら」

ますますその大きな瞳を輝かせた美悠は、聡志の股間をじっと見つめてきた。

可愛らしい少女のような顔立ちに対して、淫女のような目つきがあまりにアンバランスだ。

(美悠さんも……)

そしてこの美悠もまた詩と同じ性の肉食獣なのか。聡志は恐ろしくなってきた。

「ええ、味見って、どういう、ええっ」

ただひとり、夕紀だけはストレートの黒髪をうしろで結んだ頭を抱えてパニックになっている。

「なに言ってるんですか夕紀さん、そのくらい普通ですよ」

頬も耳も真っ赤にして狼狽《うろた》える女上司に、また詩があっさりと言い切った。

（いや、違うって。あんたたちがおかしいんだよ）

そう言葉に出して突っ込みたかったが、余計なことを言ったら詩との行為を事細かにばらされそうで、聡志はただなりゆきを見つめるしかなかった。

男を誘惑するための下着や衣装。そんなコンセプトの仕事場に来て、二週間ほどがたっていた。詩や美悠の奔放な発言にも慣れ始めている。そんな自分をまずいと聡志は思っていた。

（でも結局来てるしな、こんな場所にまで）

日曜の今日、聡志は湾岸地帯にある大きめのイベントホールにいた。

そこではコスプレイヤーを集めたイベントが開催されていて、女性だけでなく男性や子供まで凝った衣装に身を包んだ人々が集まっていた。

「おお懐かしい。しかしあれって、なにで出来てるんだろう」

聡志が子供のころ見ていたロボットアニメの主役ロボットを完璧に再現している人が歩いてきた。

顔の部分もしっかりと作り込まれていて注目を集めている。金属加工をしている仕事柄かその素材が気になった。

「ユーキさん、こっちに目線ください」

ロボットに見とれている聡志の横で男の声があがった。大きめのレンズが装着された一眼レフのカメラを構えた男性たちが、一生懸命に女性コスプレイヤーを撮影している。

ピンクのヒラヒラとした衣装がなんのキャラクターか聡志にはわからないが、コスプレイヤーの女性はかなりの美形で脚も長い。

「こっちもお願いします」

男性カメラマンはほとんどがアマチュアの人らしく、会場では主役のコスプレイヤーよりも多いくらいだ。

ユーキと呼ばれた女性レイヤーは人気があるらしく、ぱっと見二十人以上のカメラマンに取り囲まれていた。

（独特の雰囲気だな……）

このコスプレイヤーを囲むカメラマンの数も、人気のバロメーターであるらしい。

あとはブースで写真集やグッズの物販もおこなわれていた。

今日、聡志がこんな不慣れな場所にいるのは、その物販の手伝いをしてくれと呼ばれたからだ。

物販ブースの売り子は美悠の後輩と紹介された女性二人が務めているので、聡志はただの荷物係だが。

「男は余計だよな」

売り子の子たちも、美悠がデザインして詩が制作したコスプレ衣装を着ている。

その子たちによると、今日は来ていない詩の男装コスプレは女性客に人気があるそうだ。

「おっ、レイさんの囲みに入れそうだ」

そして肝心の今日の主役、コスプレイヤーレイこと美悠を取り囲んだ輪に、カメラを持った男性がつぶやきながら歩いて行った。

小柄な美悠の周りを囲んだカメラマンはゆうに三十人以上はいた。ほとんどのコスプレイヤーはだいたい四、五人くらいだから、彼女がいかに注目を浴びているかがわかる。

「目線ください」

美悠は白地の膝上までのストッキングにショートパンツ。上は肩周りが出ている。

ゲームのキャラクターの衣装らしい。

頭にはピンクのショートボブのウィッグを被《かぶ》り、いつもよりも派手目なメイクに瞳も青のコンタクトレンズが入っていた。

(輝いてるなー)

微笑みを浮かべて身体をひねるようなポーズをとって、カメラマンのレンズに目線を送る美悠は、会社のときよりも光っている。

普段も美人だが数段上がっている感じだ。そして小柄ながらにスタイルも抜群なので衣装が映《ば》えている。

(仕事より必死でやってるって言ってたもんな、そりゃ上の人に目もつけられるよ)

詩が、自分は美悠に付き合ってやっていると言っていたが、美悠自身は仕事より本気だと言っていた。

物販ブースのほうも常に誰かお客がいて繁盛している。アパレルメーカーの社員として、問題がないとも言えないように思えた。

「すいません、佐山さん。クリアファイルの在庫がもうありません」

そんな思いで男たちに三百六十度囲まれている美悠を見ていると、物販ブースのほうから声がかかった。

「はい、すぐに持ってきます」

駐車場にはレンタカーが止めてあり、そこには在庫の予備が積んである。朝の搬入時にたくさん持ってきたのに、もう売れてしまったようだ。

聡志は慌てて体育館よりも大きな展示場の建物の外に向かった。

そのとき囲みの中の美悠とたまたま目が合い、彼女がにっこり笑ってウインクをしてきた。

「えっ、誰」

人気コスプレイヤーレイの目線につられるようにカメラマンたちが一斉に聡志のほうを向いた。

(ひえええええ)

何者だというような彼らの目にびっくりし、聡志はダッシュで逃げ出した。

なんとか無事イベントを終え、聡志と女性たちはレンタカーに乗って帰路についていた。

「お疲れ様でしたー」

最初に物販の手伝いに来ていた二人の女性を駅に送り、うしろに積んであるグッズの余りも乗せて美悠の自宅に向かった。

なんと手伝いの女性たちはまだ女子大生だそうだ。なんでも美悠が学生時代に所属していたサークルの後輩らしい。

「あ、ここ、そこの家」

後輩たちを下ろしてから三十分ほど走って向かった先は、意外にもKから自転車で十分ほどの距離にある住宅街の一軒家だった。

実家なのだろうが、都心ではないとはいえ、けっこうな都市部ではあるので不動産の価格も高いはずだ。

(買うにしてもかなりするよな)

家としてもそこそこの建物に庭や車庫もあるので、美悠はけっこう裕福な家庭の娘なのだろうか。

レンタカーを車庫に入れながら聡志は白壁の家を見あげた。

「じゃあ僕はこれで失礼します」

先輩の美悠に頭を下げて帰ろうとする。タメロでいいよとなんどか言われていたが、ずっと敬語で接していた。

なんというか彼女は身長も低くて顔も少女のようだが、課ではいちばんのしっかり者の感じでムードメーカー的な存在なので、どこか尊敬している部分もあった。

「ちょっと上がっていきなよ。お茶くらい入れるから、ひと休みしていってね」

助手席から降りた美悠は、車のうしろに回って荷物を下ろしていく聡志に声をかけてきた。ミニ目のスカートにブラウス姿の美悠はいつもの彼女に戻っていて、先ほどのコスプレ会場のレイとは別人のようだ。

ただどちらもかなりの美しさであることは変わりなかった。

「えっ、いいですよ。ご両親とかいるんじゃ」

レンタカーは明日まで借りているそうで、美悠が返しにいくそうだ。だから荷物を下ろせば男の自分の役目も終了だろうと思っていた聡志は驚いた。

いきなり両親がいる家につれて行かれても緊張するだけだ。

「えっ、私、ここに一人暮らしだよ。実家は地方だし」

「へっ!?」

美悠の言葉に聡志はあらためて家を見直した。小さな庭は一面の芝生で駐車スペースも一台入れてまだ余裕がある。

この家の家賃やローンが、とても若い会社員の給料で払えるとは思えなかった。

「ああこの家ね。まあ衣装部屋や製作のスペースもいるし思い切って借りたんだよ、ほら庭にベンチを置けば撮影にも使えるしね」

聡志が首をかしげて家を見ているのに気がついた美悠は、夕陽のあたる庭を指差した。緑の芝生の一角に西洋風の白いベンチが置かれている。

たしかにコスプレの衣装を着てそこに座るだけで絵になりそうだ。

「倉庫兼製作所兼撮影所と住居ってところかな、経費ね必要経費、ふふふ」

そう言って美悠は少し悪い笑みを浮かべた。グッズなどの売りあげも多そうだから経費を使わなければ税金が多額になるという意味だろう。

悪そうなその笑顔はあこぎな商売人のようだ。これでは会社に目をつけられるのも仕方がないと思えた。

「その前に荷物運んじゃってね、私はお茶入れてくるから」

荷物を、とはいってもよく売れたので少ないが、それをすべて聡志に押しつけて美悠は家の中に入っていった。

リビングの中は美悠らしいというか、ずいぶんと可愛らしい感じがした。

ただ大型のテレビと、聡志は知らないアニメ作品のＤＶＤが並んだ棚が、彼女のマニア趣味を感じさせる。

「お待たせしましたご主人様」

荷物を片付けたあと、キッチンらしき場所から顔だけを出した美悠からリビングで待っているように言われた。

お茶だけにしてはけっこう時間がかかるなと思っていると、いきなりドアが開いてお盆を持った美悠が現れた。

「ぶはっ」

聡志が吹き出したのは、美悠がメイドの衣装に着替えていたからだ。黒髪の頭には白いレースの飾りまでのっている。

ただ彼女がメイドになっているからここまで驚いたのではない。

「なななな、なんですか、それは、ええっ」

彼女が着ているメイド衣装は黒地のものだが、袖はノースリーブ、胸のところは大開きになっていて、Ｆカップだと言っていた乳房の谷間が見えている。

下のスカート部もやけに短く、脚の付け根近くまで晒されている。その脚も太腿の半ばくらいの黒の網タイツが穿かれていて、なんともいやらしいのだ。

「これ、いまは標準的なメイド衣装だよ」

「嘘です、それは絶対に嘘だ」

聡志の知るメイド服とはあまりにかけ離れている。頭の上の飾りと腰に巻かれた白いエプロンが、かろうじてメイドの体裁を保っていた。

「えー信用ないな、私、ふふ」

不満げに言いながら美悠は乳房の谷間を見せるように、聡志に向かって少し前屈みになった。

白い上乳を充分に見せつけたあと、美悠はわざわざ聡志に背を向けてから、ソファーの前にある低めのテーブルに紅茶のカップを置いていく。

「うっ」

スカートの丈《たけ》がやけに短いので腰を曲げると、お尻の下側がちらりと見えていた。

(み、見えそうで見えないのが……かえっていやらしい……)

乳房もお尻もわずかにのぞいている感じだ。そのチラリズムが男の欲望をそそってくる。

美悠の思うつぼにはまっているとわかっていながらも、聡志はついソファーに座る身体を前屈みにしてしまった。

「いやあん、聡志くんのエッチ」

そんな聡志のほうを振り返り、美悠はスカートのうしろを押さえた。その笑顔はなんだか勝ち誇っているような感じがした。

「み、見てませんよ。僕は」

なんだかあからさまに誘ってきている気もするが、同じ会社で連続三人の女性と関係を持つのはまずいと、聡志は目を背《そむ》けた。

そんな聡志の隣に美悠は白い脚に黒の網タイツが食い込んだ下半身を下ろしてきた。過激なメイド衣装に包まれた小柄な身体がちょこんと座り、聡志に密着した。

「うふふ、ほら紅茶飲んで」

翻弄される聡志に対し、美悠は余裕たっぷりの笑顔で紅茶を勧めてきた。

「は、はい、飲んだら帰りますから……ぶっ」

紅茶を一口飲んで聡志は吹き出しそうになった。かなりの量のブランデーが入っているのか口の中にアルコールの香りが広がった。

「な、なんですか、この紅茶」

「ねえ聡志くん、このスカート、膨らませるためにワイヤーが入っているんだよ」

問いかけは完全に無視し、美悠はメイド衣装のスカートに聡志の手を持っていった。

「ほんとだ。へえー、ワイヤーで生地を支えているんですね」

黒のスカート部の中にワイヤーが仕込まれていて、スカートを持ちあげている。

パーティドレスなどでそういう風にワイヤーを使用するが、メイド衣装に使われているのは初めて見た。

「やだあ聡志くん、中身には興味ないの？　めくっていいんだよ」

美悠は聡志の手に自分の手のひらを重ねると、上に持ちあげた。スカートが持ちあがり、網タイツのない部分の白い太腿が露わになる。

そしてさらにその奥には、黒革のハート型のものが股間を覆っているのが見えた。

（な、なんだ、これ）

メイド服と黒い革はあまりにアンバランスに見える。聡志の見開かれた目はそこに釘付けになった。

「このメイド衣装も私の自作なの。ねえ、中のほうもどうなっているか知りたいでしょ？」

隣に座る聡志に自分の胸を密着させるように寄り添い、美悠はスカートを持ちあげてヒラヒラとさせる。

太腿の奥のほうがチラチラと見えるのがまた男の欲望を刺激した。

「ねえ、うしろのファスナーを下ろしたらすぐに脱げるんだ、このメイド服」

自作のこの服は簡単に脱げるんだと言って、美悠は一度ソファーから立ちあがって背中を向けた。

やけに短いスカートから、またも尻たぶの下の部分がのぞいている。真っ白で柔らかそうな尻肉にもう聡志は釘付けだ。

「ねえ聡志くんが脱がせて」

色っぽく潤んだ瞳をうしろの聡志に向けて、美悠は甘い声で囁いてきた。

歳は二十七歳のはずなのに、熟女の夏帆にも負けない色香をまき散らしている。彼女は唇が少し厚めでそれを尖らせた表情も色っぽい。

(こんなの我慢出来るわけないだろう……)

これ以上、出向先の会社の女性と関係を持つのはまずいのはわかっている。

一方でもう一人の自分が、二人も三人も同じじゃないかと囁くのだ。

「いつまでこうさせてるつもり？」

小柄な美悠の首元にあるファスナーは、座ったままでも手を伸ばせば届く。

聡志は耐えきれずにファスナーを下ろしていった。

「えっ、これ」

ファスナーが下り、美悠の白い背中が見えた。ただなぜか染みひとつない肌を、黒の革ベルトが横断していた。

さらにメイド衣装の上衣が開くと、背中全体に革ベルトが何本もあった。肩や腋、そして腰にと、二センチほどの細めの黒革のベルトが食い込んでいるのだ。

「うまく隠れてたでしょ。気がつかなかったんじゃない？」

したり顔で美悠は笑った。確かにノースリーブのメイド衣装から露出《ろしゅつ》している部分にはベルトはなく、巧みに隠されていた。

「はい、まったく気がつきませんでした。えっ、これって」

ファスナーが彼女のお尻のところまで下がると、スカートごと衣装がすとんと床に落ちた。

露わになった美悠のお尻には縦に一本、革ベルトが走っていた。ここまで見たらさすがに聡志にもわかった。

「そう。このメイド服はボンデージとセットになってるの。私の勝負衣装なのよ、でも男の人に見せるのは初めて」

少し照れたように笑った美悠はソファーの前に立つ身体を回転させて、聡志のほうを向いた。

「うおっ」

もう聡志は変な声しか出なかった。美悠の前側にもウエストなどに細めのベルトがあり、股間を隠しているハート型のパーツに繋がっている。

乳房は下側に少し面積の広い黒革のパーツがあり、Ｆカップだというバストを持ちあげていた。

そして乳頭部は小さな星形の黒いシールで隠されていた。

「どう、これ」

言葉を失っている聡志の膝の上に、太腿の半ばまでの網タイツの脚を乗せながら美悠は見つめてきた。

その厚めの唇に浮かんだ淫らな笑み、妖しく輝く二重の大きな瞳に、心が乱される。

「エロいです、裸よりエッチかも……」

ようやく言葉を振り絞るように聡志は言った。黒革のボンデージ衣装に彩られた小柄だが豊満な肉体はなんとも淫靡だ。

いきなり全裸になられるよりも刺激的なように思えた。

「ふふ、嬉しいわ。私たちの仕事はそれがコンセプトなのよ。女性の裸をよりエッチに見せる衣装ね」

そんなことを言いながら美悠は聡志の膝に跨がってきた。縦にベルトが食い込んだ、むっちりとしたヒップが聡志の脚に乗った。

「は、はい、わかります」

もちろん頭では理解しているつもりだったが、実際《じっさい》に目にすると、メイド服からボンデージ衣装にかわる過程にもまた興奮させられた。

美悠の狙いどおりに欲望を煽られた聡志の肉棒は、もうズボンの中でギンギンだ。

「ねえ、乳首が見たかったら聡志くんが剝がして。お・く・ち・で」

色っぽい声を出して美悠は聡志の目を見つめながら、黒革のパーツに持ちあげられた乳房を突き出してきた。

持ちあげなくとも見事な丸みを保っているように思えるFカップの双乳がブルンと大きく弾んだ。

「は、はい」

もう吸い寄せられるように聡志は、自分の上に跨がる美悠の乳首を隠している星形のシールに唇を寄せた。

星の尖っている部分に歯を引っかけるようにして引き剝がしていく。

「あん、上手ね、聡志くん」

シールが引き剝がされ乳房がプルンと揺れるのと同時に、ピンク色の乳頭が現れた。

色の薄い乳頭部は乳首や乳輪も小ぶりで、なんとも初々しい感じがした。

「こっちもいいですよね」

「好きしていいよ、あん」

もう片方のシールも勢いのままに剝がし、聡志はそのまま先端部に吸いついた。

我慢をするなど出来るはずもなかった。

「やん、いきなり、あ、あああん、ああ」

もうたまらずに乳首を吸って舌で転がすと、美悠はすぐに甲高い声を出した。

ベルトがとおったお尻がよじれ、聡志の太腿に擦りつけられる。

「あ、あああ、ああ、そんな風に、あ、あああん、そこ弱いの」

美悠は聡志の肩を摑み唇を半開きにして喘いでいる。かなり敏感なほうなのだろうか、肌もあっという間に上気していった。

（こっちも）

片方の乳首を吸いながら、さらにもう一方の手で反対側の乳房を揉む。

張りの強いFカップに指を食い込ませながら、聡志は爪先で軽く先端を搔いた。

「あっ、両方なんて、あっ、あああん、はうん」

大胆に迫ってきたわりには美悠は恥ずかしそうにしながら、身体を大きくくねらせて声をあげている。

可愛いインテリアが置かれたリビングに、美悠の淫らで切なげな声が響き渡った。

「そんなこと言ってすごく尖ってますよ、美悠さんの乳首」

美少女のような見た目なのにしっかり者の美悠を、自分の舌や指で喘がせていると思うと聡志も燃えてくる。

こんどは両方の乳首を指で摘《つ》まんで引っ張ってみた。

「あっ、はあん、それだめ、ああ、あああああん」

そこが弱いという言葉のとおり、乳首への責めに美悠は強い反応を見せる。

くりくりと二つの先端をこね回すと、ボンデージ衣装のベルトが食い込んだ身体を震わせてのけぞっていた。

「感じやすいのは乳首だけですか？」

調子が出てきた聡志は指を、彼女の股間にあるハート型の黒革のパーツの奥に持っていった。

（ん？）

ハートのパーツの横から指を滑らせて入れようと思っていたが、股間にあたる部分にスリットが開いていた。

そこに指を押し入れると、ぬめりの強い肉の感触があった。

「あっ、ひいん、そこも、あああ、あああああん」

スリットの奥にある媚肉を指で擦ると美悠の小柄な身体が、聡志の膝の上で跳ねあがった。

ここでも敏感な反応を見せる美悠の膣口を聡志は指で掻き回す。

「すごく濡れてますよ、美悠さん」

膣口には愛液が溢れかえっていて、大量に指に絡みついてきた。

そこを中心に、クリトリスをなぞったりしながら黒革の奥を責めていった。

「ああん、だって、ああああん、そんな風にされたら、ああん、あああ」

美悠は聡志の肩に手を置いたまま、上半身を少し前屈みにしてボンデージ衣装の小柄な身体をくねらせている。

呼吸もかなり荒くなり、黒革のパーツで持ちあげられたバストがフルフルと揺れていた。

「さ、聡志くん、あああん、恥ずかしい、ああ、こんなに感じて、ああ」

恥じらいながらも美悠はさらに肉体を燃やしていく。膣の奥からさらに愛液が溢れ出し、聡志の手のひらまで濡らしていた。

「もうすぐにでも入りそうですね」

美悠が感極まった状態にあるのはあきらかだ。そして聡志のほうも膝の上で白い身体をよじらせ、美少女顔を歪ませる美悠に男の欲望を抑《おさ》えきれない。

美悠の膣口を責めながらズボンのファスナーを下げ、たぎった肉棒を出した。

「ああ、ああん、ああ……すごい、こんなに大きいの、あああっ」

切ないよがり声をあげ続ける美悠が、現れた聡志の巨根に驚いた顔を見せた。

「怖いですか？」

「ううん、ちょっとびっくりしただけ、ああん、聡志くん、指を抜いて」

淫靡に目を輝かせた美悠は、艶《なま》めかしい声でそう訴えてきた。

聡志が頷いて指を抜くと、彼女は自ら腰を持ちあげた。

「あっ、はあああん、すごい、あああ、こんなに、あっ、あああああん！」

ぬめりきった媚肉が亀頭に触れ、美悠の体温が伝わってきた。

彼女はすぐに歓喜の声をあげながら唇を大きく割り、背中をのけぞらせた。

「大丈夫ですか、美悠さん」

膝に跨がっている美悠の小柄な身体が崩れそうになっているのを見て、聡志は慌てて黒いベルトで締められている彼女の腰を押さえた。

「あ、あああ、大丈夫、あああ、聡志くんの大きいから、ああ、手を離して」

二重の大きな瞳をうっとりとさせた美少女のような先輩社員は、唇から湿った息を漏らしながら訴えてきた。

聡志が手を離すと、彼女はゆっくりとボンデージ姿の身体を沈めてきた。

「ああっ、はあああん、いい、すごい、あああんっ、ああ」

じっくりと味わうように美悠は肉棒を自分の中に飲み込んでいく。小さな身体に聡志の逸物が入るのかと心配になるが杞憂《きゆう》のようだ。

その大きな瞳はもう宙をさまよい、すべてを快感に委ねているように見えた。

「くうう、美悠さん、うう、僕もすごくいいです」

そして聡志も快感に顔を歪めていた。美悠の中は小柄な分、膣道がかなり狭い。左右から押し寄せる媚肉に亀頭のエラが食い込み快感が突き抜けていった。

「あああ、はあああん、私も、あああん、ああっ、硬いの、ああ、たまらない」

昼間、コスプレのイベントでカメラマンに目線を送る彼女の顔は凛々《りり》しかった。自分の肉棒が、そんな美悠の美少女顔を歪めさせ、喘ぎまくらせている。それを見ていると聡志はさらに興奮を深めて腰を突きあげた。

「ああっ、聡志くんが動いたら、ああ、だめっ、あああん」

腰をゆっくりと沈めていた美悠の奥に肉棒が突き刺さる形になった。

それで身体の力が抜けたのか、美悠の膝が砕け豊満なヒップが一気に下に落ちる。

「ひあっ、ひいいいん、あああ、だめえええ、あああ」

全体重を肉棒に浴びせるようにして、巨大な剛棒を飲み込んだ美悠は完全に目線をさまよわせて絶叫した。

大きく背中が弓なりとなり、外まで聞こえるかと思うほどの雄叫びがリビングに響き渡った。

「す、すいません」

聡志は慌てて美悠の身体を抱きしめた。美悠はがっくりと頭を落としながら聡志に身を預けてきた。

「はあはあ、もう、ばか。飛んじゃいそうになったじゃない」

その大きな瞳の焦点《しょうてん》は定まらず、荒い呼吸を繰り返しながら美悠は言った。

ただ意識はあるようで、そこはほっとした。

「抜きますよ」

息も絶え絶えの状態の美悠に、聡志はさすがに心配になって肉棒を引き抜こうと思った。

いまもヒクヒクとうごめいている感じの媚肉から去るのはなごり惜しいが、無理はった。

させられない。

「あ、あん、抜いちゃだめっ、このまま続けて」

聡志の首に細い腕を回し、美悠はねっとりとした口調で囁いてきた。さっきまで苦しげだった顔もなんだかうっとりとしている。

夏帆や詩のときも思ったが、女性のタフさはほんとうに驚くばかりだ。

「でも、もう脚に力が入らないから、聡志くんが動いて」

そして聡志の耳に唇を押しつけながら、美悠は軽く耳たぶを舐めてきた。

「う、は、はい」

耳を舐められるというなんとも淫靡な感覚に、聡志はもう自然と腰を動かしていていた。

ソファーに座ったまま彼女の腰を抱き寄せ、ゆっくりと上に向かってピストンを始める。

「あっ、あああん、すごい、ああっ、美悠の中いっぱいになってる、あああ」

いきり勃つ怒張が、美悠の小ぶりな膣口を大きなグラインドで出入りする。

そのたびに愛液が掻き出されて、ヌチャヌチャと粘着音があがり、彼女のトーンの高い喘ぎ声とハーモニーになって響き渡った。

「美悠さん、うう、もっと感じてください」

どこまでも貪欲な彼女に煽られるように、聡志もまだ服を着たままの身体を躍動させて肉棒を突きあげた。

蕩けきった媚肉の粘膜に亀頭が擦れるのがまたたまらなかった。

「あああっ、あああん、気持ちいい、ああん、すごいい、あああ、ああっ！」

美悠のほうはもう完全に怒張に没頭している。聡志の肩を摑んだままボンデージ姿の身体をなんどもくねらせ、Ｆカップのバストをこれでもかと揺らしている。

唇もずっと開いたままで、白い歯の奥のピンクの舌までのぞいていた。

「あああっ、あああん、いい、あああ、こんなのっ、ああ、おかしくなるう」

「おかしくなってください、おお」

縦一本にベルトが食い込んだヒップを自ら揺する美悠を、聡志はさらに強く突きあげる。

小柄で体重が軽いので、その身体ごとが大きくバウンドした。

「あああ、もう、あああ、美悠、イッちゃう」

目をカッと見開いた美悠は黒目を泳がせながらついに限界を口にした。

「くうう、僕も、もうイキそうです、おおお」

聡志のほうも狭い膣道の擦りあげに限界寸前だ。目の前で革のパーツに持ちあげられて跳《は》ねる巨乳を見つめているとさらに興奮が深まり、怒張の根元が脈打った。

「ひい、中に来てぇぇ、あああ、お薬あるからあ、ああ、もうだめ、ああ、イク！」

中出しを懇願したあと美悠は聡志の肩を持ったまま背中を反らせ、腰を前に突き出してきた。

亀頭がさらに膣奥に食い込み、柔らかい媚肉が亀頭のエラや裏筋を強く擦った。

「はいいい、いきます、おおおお」

その甘い快感に屈しそうになるのを懸命に耐えながら、聡志は力の限りに怒張をピストンする。

巨大な逸物をソファーの反動も使って真上に向かって突きあげた。

「ひいいい、いいい、あああ、もうだめっ、あああ、イク、美悠、イッちゃうぅ」

その瞬間、美悠は大きく唇を割って天井のほうを見あげた。完全に視線は宙をさまよい、あごの裏が見えた。

そして背中を弓なりにしながら、聡志に跨がる網タイツの両脚をぐっと締めた。

「イクうううううっ！」

そのまま頭をうしろに反らしあげ、美悠は女の極みにのぼりつめた。

ボンデージ姿の身体全体が激しく痙攣し、肉の薄い下腹部や聡志の太腿を挟んでいる両太腿がビクビクと震える。

「僕も、ううう、イク！」

彼女の絶頂と同時に一気に狭くなった膣奥に亀頭を押しつけながら、聡志ものぼりつめた。

腰を震わせながら、大量の精液を濡れた肉壺の中にぶちまける。

「あああん、来てるわ、あああ、すごいたくさん、ああ、いい、またイクぅ」

小柄な身体とそれに不似合いな巨乳を波打たせながら美悠は、断続的なエクスタシーの発作に喘いでいる。

その顔はまさに淫女そのもので、どこまでも崩壊している美少女顔もまた聡志の情欲をかきたてる。

「くう、まだ出ます、うう、出る！」

もう身も心も蕩けるような感覚の中、聡志はなんども怒張を脈打たせ、熱い精を濡れた膣奥に放ち続けた。

あまりに激しい行為に聡志も美悠もぐったりとなった。

昼間の疲れもあったのか、二人ともそのまま眠ってしまい、起きた時には意外に時間が経っていた。

すぐに夕食をデリバリーを頼んで、二人で食べる。

食事を終えたときにはもう遅い時間になっていたので、聡志はそろそろ帰ろうと腰を上げたのだが、そのまま泊まっていけと美悠に引き留められた。

シャワーを浴びさせてもらい、一戸建ての二階にある彼女の寝室に聡志は腰にバスタオルを巻いただけの姿で向かう。

「ふう、さっぱりしたけど……腰がだるい」

彼女の父が遊びにきたときのために用意しているパジャマが寝室にあるから使ってくれと言われていた。

寝室ということは、美悠は聡志と一緒に眠るつもりだろうか。寝るのはいいが行為のおかわりをする元気は、もう残っていなかった。

「わ、すいません」

寝室のドアが開いていたのでそのまま入ると、先に入浴をすませている美悠がバスタオルを身体に巻いた姿で立っていた。

ひとりで眠るにはかなり大きいように思えるダブルベッドと鏡台だけのシンプルな

部屋に立ち、美悠はちょうどパジャマかなにかに着替えようとしているところだったようでバスタオルの前を開いていた。

「えっ、やだ恥ずかしい、見ないで」

Ｆカップのバストや漆黒の陰毛をのぞかせた美悠は顔を赤くすると、慌てて腰を屈めてバスタオルを巻き直した。

ついさっき、裸よりもいやらしい革ベルトが食い込んだ姿を大胆に見せつけていたというのに。

「え、どうしていまさら……」

やけに恥じらう美悠に、聡志は驚いてぽかんとなった。

最初は聡志をからかっているのかと思ったが、寝室の弱めの灯りでもはっきりとわかるくらい顔が真っ赤になっているので、本気で恥ずかしがっているようだ。

「コスプレしてない素《す》の自分は、恥ずかしいのよう」

美悠はバスタオルをもう一度身体に巻き直すと、聡志に背中を向けてしまった。

意外だが、美悠はコスプレ衣装がない裸を見られるのは恥ずかしくてたまらないようだ。

「やだあ、もう」

聡志に背中を向ける形で背中を丸めて立つ美悠のバスタオルがずりあがり、白いヒップがのぞいてしまっている。うなじの辺りまでピンクに染まっていた。

（なんか、恥ずかしがられると……可愛いな）

バスタオルの裾からのぞく張りの強そうなお尻に、聡志は再び欲情してしまう。

いつもは大胆で気も強い彼女だからこそ、照れた姿は男心を昂ぶらせた。

（いま……どんな顔してるんだろ）

羞恥に震える彼女はどんな表情をしているのか。怒られそうな気もするが、聡志は見たい気持ちを抑えきれなくなって美悠の前側に回り込んだ。

「やだ見ないで……もうっ、聡志くんの意地悪」

真っ赤になった顔を伏せたまま美悠は、頬《ほお》を膨らませて聡志を両腕で突き放そうとしてきた。

そのときバスタオルが緩んで、ストンと彼女の足元に落ちてしまい、Ｆカップバストの小柄な身体が丸出しとなった。

「きゃあ、やだ」

いきなり全裸となってしまった美悠は、こぼれた乳房や股間を両腕で守るようにしながらさらに前屈みになった。

とっさでは隠し切れなかったのか、ピンクの乳首や陰毛が指や腕の隙間からはみ出していた。

「みっ、美悠さん、すいません、僕もう」

可愛らしい美少女顔の美悠が裸で羞恥に身悶える姿に、聡志は欲望が暴走するのを抑えきれない。

ただれた関係をこれ以上は、というような思いも完全に吹き飛び、欲望のままにベッドに美悠を押し倒した。

「やん、だめ」

自分も裸になった聡志はベッドに転がった美悠の両足首を掴むと豪快に開く。

真っ白な両脚が二つに割れて漆黒の陰毛とその下にある薄桃色の秘裂が露わになる。

「全部見えてますよ、美悠さん」

仰向けの身体の上でFカップのバストをプルンと揺らす泣き顔の美悠にそう言ってから、聡志は彼女の両脚の間に顔を埋めた。

「いや、そんな近くでだめ、あっ、ああああ」

さらなる恥じらいの声が聞こえてくるが、聡志は目の前にある肉の突起に舌を大胆に這わせていく。

舌のざらついた部分を擦るようにしてクリトリスを転がすと、形のいいヒップがシーツの上で跳ねあがった。

「ああ、だめ、ああ、はああん、ああ、あああああっ」

もともと敏感過ぎるくらいの美悠の身体は一気に上気し、開かれた内腿がヒクヒクと痙攣している。

まだ先ほどの挿入の余韻が残っている膣口の奥にある媚肉も、うごめきを開始していた。

「美悠さんの中もお尻の穴もすごくヒクヒクしてますよ。こんないやらしい身体を見るななんて無理です」

聡志はさらに指で膣口をなぞり、クリトリスを舌で激しく転がしていく。

快感に彼女の身体が反応するたびに、セピア色の肛肉が淫らにヒクついていた。

「あああ、意地悪、あああ、ひどい、ああん、あああ」

口では文句を言っているが身体はさらに反応している。仰向けでもあまり腋に流れていない巨乳を波打たせながら、美悠はどんどん快楽に溺れていく。

ただ恥ずかしいという気持ちはなくなってはいないようで、大きな瞳には少し涙がにじんでいた。

「美悠さんのここ、すごくヨダレが垂れてますよ」

ただ泣いているといっても、どこか淫靡な香りのする彼女の表情を見ながら、聡志はさらに指を二本、膣口から押し込んだ。

「ああっ、ひいいん、あああ、そこ、あっ、あああぁ」

軽くピストンさせて指を膣壁に擦りつける。ここでも美悠は見事なくらいに反応し、開かれた両脚を伸ばしたり縮めたりしながらよがり続けている。

もう額には少し汗が浮かび、唇も半開きのままでずっと湿った息が漏れていた。

(いじめられて、けっこう悦《よろこ》んでる？)

恥ずかしいと泣きそうになりながらも、さらに燃えているように見える美悠。

普段、Ｋでは聡志を少し小馬鹿にしたような態度をとる彼女だが、いまはそんな男に言葉責めされて悦んでいるように見えた。

(マゾッ気あるのかな……)

普段の少し気が強い彼女の姿からは想像出来ないが、男にきつく責められて燃える性癖がこの美少女のような愛らしい顔の奥にあるような気がした。

「すごく溢れてきてますよ、美悠さん」

もっと彼女を責め抜きたいと聡志は激しく指を動かし、もう片方の手でクリトリスをしごきだした。

親指と人差し指で突起を挟み上下に擦りあげた。

「ひいいいい、それ、あああ、おかしく、ああ、ああああん」

きつめに肉芽を嬲《なぶ》られて、美悠はもう息も絶え絶えになっている。

肉の薄い下腹部はずっと引き攣り、背中がのけぞって巨乳がバウンドしていた。

「すごくいやらしい顔ですよ美悠さん……乳首もギンギンに勃ってるし」

そして聡志は身体を起こして美悠の涙に濡れた瞳と自分の目線を合わせた。

膣に入れた指をピストンし、クリトリスのほうの指も強くしごきあげた。

「ひいん、こんな顔見ちゃだめえ、あああ、あああん」

聡志がじっと見つめていることに気がついた美悠は、狼狽《うろた》えながら両手で自分の顔を覆ってしまった。

「見せてよ、美悠のエッチな顔を僕に見せるんだ」

普段は敬語を使っている相手の下の名を呼び捨てにするのは、少々ドキドキするが、聡志は思い切って叫んでみた。

もちろん肉芽と膣を責める指は止めず、膣口からは淫らな粘着音が響いていた。

「あああん、ごめんなさい、あああ、でも、ああん、見ないでえ、ああ」

聡志の命令に美悠はためらいながらも顔から手を離し、シーツの上に両腕ごと投げ出した。

頬も耳ももう真っ赤な大きな瞳の美少女顔は、完全に蕩けきっている。

「いやらしい顔だ、美悠は」

「あああ、そうです、あああ、美悠はエッチな子です、ああ、もうだめえ」

真っ白な両脚をよじらせながら美悠は限界を叫んだ。完全に快感に溺れきっている様子で、マゾの昂ぶりに自分すらなくしているように思える。

「いいぞイケ、美悠」

聡志はクリトリスをしごき、膣奥を二本指で掻き回して彼女を追いあげた。

いつしか聡志も美しい女を責める悦びを感じていた。

「ああああっ、イクうううううう!」

容赦のない責め抜きに美悠は大きく唇を割り、両脚を開いたままピンと伸ばして絶頂を極めた。

腰をのけぞらせて自ら股間を突きあげ、ガクガクと痙攣させていた。

「はああん、すごいい、ああっ、イク、まだイッてる、ああん、ああっ」

絶頂感が幾度も突きあげてきているのだろう、小柄な身体に不似合いなFカップを踊らせて美悠はよがり続ける。

もう目線は完全にどこかにいっていて、唇もだらしなく開いたままだ。

「ああ、ああ、はあ……はあん」

しばらくして美悠はようやく呼吸を取り戻して、ベッドの上で身体を弛緩させた。

恍惚《こうこつ》とした顔でずっと天井を見つめている。

「さあ美悠、次は僕のを気持ちよくしてよ」

こんどは聡志のほうが感情の昂ぶりを抑えきれない。この美少女を責め抜きたいという思いでベッドの上に膝立ちになる。

聡志の股間にある肉棒は彼女の淫気にあてられたのか、射精したあとだというのにもう半勃ちになっていた。

「ああ、はい、おしゃぶりします」

まだ呼吸の荒い美悠は身体をゆっくりと起こすとベッドに四つん這いになり、目の前にある肉棒に舌を這わせてきた。

美悠の瞳はとろんとしたままで、男に屈服する感覚に酔っている。

「ああ……あふ……んんんん、んく」

愛おしそうに亀頭を舐め始め、チロチロとエラや裏筋、そして先端の尿道口まで舐めていく。

気持ちが入っているというか、肉棒に魅入られているような感じだ。

「うう、ああ、いいよ美悠」

四つん這いで美しい桃尻を突き出した美悠を見下ろしながら、聡志はずっと腰をよじらせていた。

美悠はそんな聡志に潤んだ瞳を向けながら、唇を開いて怒張を飲み込んでいく。

「んんんん、んくうう、んんんん」

肉棒は一気に勃起していてすでに完全に硬化した状態だ。太く長いそれを美悠はどんどん口内に誘っていった。

「くうう、美悠、すごい」

彼女の唾液にぬめった口内の粘膜に亀頭が包まれ、甘い痺れが聡志の背中まで震わせる。

歯を食いしばる聡志の巨根を美悠はさらに飲み込み、頭を大きく前後に動かし始めた。

「んんん、んんんん、んくうううう」

小柄な身体全体を動かして美悠は喉奥《のどおく》に近い場所を亀頭にぶつけてくる。

かなり苦しいはずだが、こちらに向いた二重の大きな瞳はずっと淫靡な輝きを放ったままだ。

「んん、ん、ん、ん」

喉奥に巨根が食い込む苦しさも、いまの美悠は快感に変えているのだろうか。しゃぶりあげもどんどん熱を帯びてくる。

四つん這いの身体がリズムよく前後に動き、二つの巨乳が釣り鐘のように前後に揺れていた。

「うう、すごいよ、美悠。でも、最後は」

四つん這いで突き出された美尻に目をやるとそこはずっと左右に揺れている。

まるで肉棒をねだるようなその動きに魅入られた聡志は、射精の直前に腰を引いて肉棒を引き抜いた。

「んんん、ぷはっ、えっ」

唇から亀頭が抜けるのと同時に聡志が動いたので、美悠は驚いたような表情を見せている。

そんな犬のポーズの彼女のうしろに素早く回り込み、張りの強いヒップを鷲づかみにした。

「いくよ、美悠。たくさん感じるところを見てやるよ」

喉奥までのしゃぶりあげで破裂寸前の怒張。唾液に濡れ光るそれを、こちらは愛液にまみれている膣口に押し込んだ。

亀頭が小さめの入口を驚くほど拡張しながら入っていく。

「ひいん、あああ、それ、ああああ、すごい、ああ、ああん」

美悠は四つん這いの身体をのけぞらせ、すぐに悲鳴のような嬌声を寝室に響かせた。

小柄な身体に聡志の巨根が沈んでいく姿は少し痛々しさも感じさせるが、美悠の反応は熟女にも劣らない。

「あああ、はうん、奥うう、あああ、ああ、深いいい」

シーツを強く摑んで美悠は激しく感じまくっている。まだ肉棒が入っただけなのにもう息も絶え絶えだ。

「ここからだよ美悠。どこまでも狂うんだ」

聡志のほうもまた彼女の持つ、マゾ牝の色香に酔っているように思う。目をぎらつかせながら真っ白なヒップに指を食い込ませ、勢いよく腰を振った。

「あああ、激しい、あ、あ、これ、ああん、すごい、あああ」

その攻撃を美悠はすべて膣奥で受けとめ、白い背中や腰をよじらせて狂いだす。

もう瞳は宙をさまよい開き放しの唇の横からはヨダレが垂れていた。

「美悠、ほら前を見るんだ」

聡志が彼女をバックから犯したのは、桃尻に魅入られたのがいちばんの理由だが、もうひとつ目的があった。

それはこの寝室の、入口とは別にある引き戸に取りつけられた大きな姿見だ。四つん這いの美悠の髪を引っ張り、そちらの方向に顔を向かせた。

「あああ、いや、あああん、こんなの、ああ、見ないでぇ」

ちょうど正面にある鏡には犬のポーズで喘ぐ美少女のような顔と、それをうしろから犯す聡志の姿が映っていた。

ピストンのたびに揺れるピンクの乳首を尖らせた巨乳も、輝く鏡の中にあった。

「嘘つけ、ほんとうは見て欲しいんだろ、ほら」

美悠の髪から手を離した聡志は、こんどは彼女の腋に両手を差し込んで持ちあげた。

「ひいいいん、深いいいいっ、あああ、狂っちゃううう」

四つん這いから上半身だけを浮かせる体勢にかわり、怒張がさらに美悠の奥深くに食い込んだ。

亀頭がぐりっと濡れた膣奥を抉《えぐ》り、美悠は美少女顔を完全に崩壊させた。

「ひいいいん、すごいい、あああ、ああ！　奥、奥うう」

　まさにケダモノとなったよがり狂う美悠。その大きく割れた口元もさまよう瞳も鏡に大映しだ。

（これをアヘ顔っていうのかな……）

　先輩社員をここまで狂わせていると思うと、聡志の心もさらに熱くなる。

　この女をもっと追い込みたい。頭の芯まで狂わせてみたいと心の中から声がした。

「美悠、牝犬みたいな顔だぞ、昼間のカメラマンたちが見たら驚くぞ」

「あああん、言わないでぇ、あああ、見ないでぇ、あああ」

「嘘つけ、ほんとうは見て欲しいんだろ、カメラマンの男たちに美悠がアヘ顔晒して狂ってる姿を」

　もう聡志もかなりおかしくなっていると思う。コスプレは彼女が会社に睨まれて閉所に追いやられても一生懸命続けている趣味だ。

　それを貶《おとし》めるようなセリフを言っていいのかとも思うが、なぜかもう止められなかった。

「はあああん、そんな、そんなっ、あああすごいっ、ああ、すごくきてる」

　聡志の蔑《さげす》みに一度頭を美悠は下に落とした。泣いてしまったかとどきりとしたが、すぐに起こした上半身ごと鏡のほうに向け直した。

そしてさらに顔を崩して喘ぎ狂う。強い快感が身体を突き抜けたのか。

「あああん、見て欲しいですぅ、あああっ、美悠は最低の女です、ああ、もっと、ああ、笑ってえぇぇ！」

もう完全に悩乱している美悠には、にやつくカメラマンたちの顔でも見えているのか、一心に鏡を見つめてそう叫んだ。

同時に媚肉が強く肉棒に絡みついてきた。

「見てやるぞ、美悠。お前がみじめにイクところを見てやる、おおお」

聡志は強く膝をついた美悠の身体を抱き寄せ、丸みの強いヒップに向かってこれでもかと自分の腰を叩きつけた。

波打つ尻たぶからパンパンと乾いた音がし、怒張が激しく膣奥を突きあげた。

「ひいいい、イク、もうイク、美悠のイクところ、ああ、撮ってぇぇ」

小柄な身体の前で巨乳を踊らせながら美悠は一気に頂点に向かう。

ベッドについた膝がグリグリと擦りつけられ、シーツにシワが寄った。

「あああっ、イクうううううっ!!」

そして今日いちばんの雄叫びをあげた美悠は頭をうしろに落とし、全身をガクガクと痙攣させた。

乳房もさらに波打ち、怒張を飲み込んだ媚肉もギュッと締まってきた。

「うう、すごい……僕も出るっ、いくぞ美悠」

聡志は強く怒張を美悠の中に押し込んで腰を震わせた。強烈な快感とともに精液が飛び出していった。

「はああん、ああ、精子っ、あああん、牝犬の美悠の中、ああっ、いっぱいにしてぇぇ！」

その射精をすべて胎内で受けとめながら美悠は、反り返った小柄な身体をビクビクと痙攣させている。

精がぶちまけられるたびに目を泳がせ、唇のあいだから舌までのぞかせて泣き続けているのだ。

「うっ、ううう」

そしてもともと狭い美悠の膣道もまた断続的な収縮を繰り返し、射精する怒張を絞りあげてくる。

聡志も顔を歪めながら、空っぽになるまで美悠の奥に精を放ち続けた。

「あっ……ああ……」

お互いに長い絶頂の発作が収まると、美悠の小柄な身体が聡志の手と肉棒からするりと抜けてベッドに崩れ落ちた。

まだ上気したままの白いボディが横寝で丸くなっていて、剝き出しのピンクの媚肉から溢れ出た精液が粘っこい糸を引いている。

「ああ……私、もう戻れないかも」

意味深なことを言いながら美悠は少し微笑んだ。虚《うつ》ろになったままの二重の瞳に宿った淫靡な光に聡志はただ見とれていた。

第四章　駅弁で突き上げられて啼く巨尻

美悠とあまりにも激しい一夜を共にしたあと、翌日の早くに一度家に戻ってから出社した。

三階のいちばん日陰にあるイノベーション開発課の部屋に向かう足どりは重い。

（もうどうすりゃいいんだ……）

しでかしてしまったと聡志は、なかなかオフィスのドアを開けられなかった。

同じ会社の女性を立て続けに三人抱いただけでもとんでもないのに、マゾ性を見せつける美悠を調子にのって無茶苦茶に突いてしまった。

彼女になにか言われたわけではないが、顔を合わせるのもためらわれる。

（このまま逃げ出す……？　無理か……）

正直、この場からすべてを捨てて脱走したい思いだが、出向先でそんなまねが出来るような人間ではなかった。

「おはようございます……」

ボソボソと消えそうな声で聡志はゆっくりとドアを開いた。

「おはようございまーす」

すでに三人の女性たちは出勤していて席についている。服装もいつものように夕紀はスーツ、詩と美悠はそれぞれ私服だ。

ただいつもと違うのは詩はミシンに向かい、美悠は型紙を起こしていて、それを夕紀が手伝っていたことだ。

「そろそろ試作品の完成なの。キャミソールタイプの」

そんな女たちを見て、ぼんやりと立っている聡志に夕紀が言った。そういえばもうすぐ、新商品の社内プレゼンがあると聞かされていた。

「僕もなにかお手伝いを」

いつもと違う熱のこもった部屋の雰囲気に、聡志も慌てて動きだした。

正直、この状況は美悠との昨日のことを意識せずにすむので、ありがたかった。

「あ、じゃあ、そこの用紙の束をとってもらえる？」

デスクの前に立って夕紀と共にデザイン画を見ていた美悠が言った。

言われたとおりに聡志は紙束を美悠のそばに持っていった。

「ふふ、ありがと、あ、やん」

紙束を美悠が受け取ったとき、渡した聡志の手と彼女の手が触れあった。

それだけなのに美悠は甲高い、変な声をあげた。

「あれっ、二人ともなんかあったの？　そういえば昨日、イベントに一緒に行ってたんだっけ、ふうん」

ミシンに向かっていた詩が機械を止めてこちらを見た。性のことに敏感な彼女はすぐに察したようだ。

ただ驚いた風でも笑っているわけでもなく、まるで昨日食べたごはんの話をするかのような口調の詩に、聡志のほうが呆然となっていた。

「えー、なんかあったっていうか……新しい扉を聡志くんに開かれたっていうかあ、うふふ」

紙束をデスクに置き、美悠は両頬に手をあてて立ったまま身体をよじらせている。

その笑顔は恋する乙女のようで可愛いが、言っていることはとんでもない。

「へえ、美悠さんがそんな風になるなんて、よほど激しかったんですね」

もう聡志は顔を引き攣らせて固まっているが、詩は平然とその言葉を受け入れて納得している。

「うふふ、そうね、うん、まだ身体の芯に昨日の熱さが残ってる感じかな」

美悠は少し頬を赤く染めて、微笑みながら聡志を見あげていた。その瞳はまさに恋する乙女だ。

「なにかはわかりませんけど、じゃあこんどは私もしてもらおうかな、一晩中」

ミシンの前のイスに座っている詩が身体をこちらに向けて、舌なめずりをした。

こちらはまさに獲物を見つけた肉食獣の顔をしていて、その目線は聡志の股間に集中していた。

（狙われてる……はっ、夕紀さんは）

ズボンの中にあるというのに確実に肉棒を捉えている詩の視線に、聡志は思わず両手で股間を守ろうとした。

そのときこの部屋にはもうひとりいることに気がついた。超がつくほど真面目で堅物の女課長だ。

（ひえっ）

恐る恐るそちらに目をやると、夕紀はいつものように恥じらうでもなく怒るでもなく、なんだか無表情な顔をしていた。

切れ長の瞳をした鼻の高い顔は相変わらず美人だが、すべての感情を消し去ったような表情をしているのだ。

（ど、どんな意味が……）

そんなことを夕紀に聞けるはずもなく、聡志はただビビるばかりだ。

「おーい、おはよう、みんな元気」

ワイシャツの中を冷や汗が流れたとき、イノベーション開発課のドアが勢いよく開いて誰かが入ってきた。

課外の人間がこの部屋にくるのはほとんどないので、皆、驚いて顔をあげた。

「追い込みがんばってるねえ。でもごめんなさい、新製品のプレゼンが二週間延びちゃったの」

姿を見せたのは総務課の課長代理の夏帆だった。やけに元気のいい感じで満面の笑みだ。

「あれっ、なに、どうかした？」

それぞれいろいろなことを考えていたので、すぐに夏帆の言葉に反応する者はいなかった。

普段はよくしゃべる美悠まで黙っているのを見て、夏帆が少し驚いている。

「え、いや、なんでもないです。締め切りが延びるのでありがたいです、正直厳しかったので」

慌てて夕紀がごまかすように言った。顔つきもいつもの彼女に戻っていて、聡志は正直ほっとする。

「ふーん、まあいいや、じゃあ少し時間とれるよね。これを持ってきたんだけど明日辺りどうかしら」

夏帆はそう言って一枚のチケットをデスクの上に出した。それには『ナイトプールイベントご招待券』と書かれていた。

「ナイトプール？」

ミシンの前に座っていた詩も立ちあがり、夏帆が持ってきたチケットを覗き込んだ。

「そう、うちも取引のあるホテルが室内プールで試験的にナイトプールするんだって。その招待券だよ。招待された人だけだから空いてるだろうし、みんなで行かない？」

最高五人までこの招待券で入れ、プール内での飲食も無料だと夏帆は鼻高々な感じで胸を張った。

そのホテルは聡志も知っている。たしか、郊外にあるプールや遊園地も併設されたリゾートホテルだ。

場所はこの会社からさほど遠くないから、仕事が終わってからでもゆっくり遊べそうだ。

「おもしろそうですね、聡志くんも行くでしょ」

にっこりと笑って小柄な美悠が聡志を見あげてきた。

「え、ええっと、僕はちょっと用事が……」

一瞬、楽しそうだと考えてしまった聡志だったが、よく考えてみたら肉体関係のある三人が同時に揃うのだ。

しかも三人ともに性的なことを隠せないタイプだから、なにが起こるかわからない。

「だーめ。聡志くん、君に拒否権なんてあると思う、うふふ」

少しブラウンの入った髪や目の下のホクロが今日もセクシーな夏帆が、これも妙に色っぽい笑みを浮かべた。

別に夏帆に弱みがあるわけではないのだが、聡志は逆らったらまずいことになるような予感がした。

「わ、わかりました、行きます」

垂れ目の大きな瞳の目力というか、夏帆はにこやかにしていても有無を言わせない圧力がある。

聡志はそのプレッシャーに負けてすんなりと頷いた。

「夕紀も行くわよね」

そしてもうひとり、自ら進んでプールなど行かなそうなタイプの夕紀にも、夏帆は確認をとる。

「えっ、いや、私はもう水着とか無理なので……」

夕紀も同じように夏帆から圧力を感じているのか、下を向いてごにょごにょとつぶやいている。

「だめよ、課員がみんな行くんだから、課長が逃げてどうするの？」

「そ、それはそうですが……わ、わかりました」

夕紀がしぶしぶ納得すると、夏帆が笑顔でじゃあ決定、明日ねと手を叩いた。

ホテルとは別の建物になるプールは競技用のものではなく、小さいながらもウオータースライダーなどがついた子供も遊べるプールだ。

着替えの前に案内のパンフレットとあとから感想を書くアンケート用紙をもらったのだが、パンフには夜のリゾート気分を満喫してもらうため、ナイトプールのときは灯《あか》りを弱くしてあると書いてあった。

「たしかにちょっと妖しげな雰囲気だな」

男子更衣室で水着に着替えた聡志はプールサイドのベンチに座り、無料のドリンクを飲みながらひとりくつろいでいた。

女性陣は着替えに時間がかかっているのだろう、まだ現れない。

天井が温室のようにガラス張りになったプールは、四角ではなく天然の池のような形をしていてけっこう広く、周りは本物ではないだろうが椰子《やし》の木が囲んでいた。

そこをオレンジやピンクの弱めのライトが照らし、幻想的な空間を演出している。

まだ試験オープンだからか泳いでいる人はまばらだ。

「ふう、今日こそはあの人たちのペースに巻き込まれないようにしないと」

丸みのある形のプールの端のほうに行くと光量も少なく、そこで水着姿のカップルがイチャイチャしているのが見えた。

暗いので顔などがはっきりと見えないのをいいことに、けっこう過激なことをしているようにも見えた。

「暗いとこには近づかないようにしよう」

詩や美悠が気がついたら強引に連れていかれそうだ。今日はなんとか淫らな行為から逃げなければと聡志は思っていた。

「こんな場所でしてたなんて知れたら、夕紀さんに本気で嫌われそうだ」

ドリンクを飲み干しながら聡志は、セックスはしないまでもスケベな行為を美悠たちとしたりしたら、真面目な夕紀に軽蔑されるだろうと思った。

それだけは避けなくてはと心に誓うのだ。

（あれ、俺、夕紀さんを好きになりかけてる……？）

まさにいま自覚したが、聡志は夕紀にどんな女とでも関係を持つ男だと思われるのを恐れている。

それは夕紀によく思われたいという気持ちの、裏返しかもしれなかった。

（いや、それにしてももう手遅れだろ……）

すでに詩や美悠や夏帆と身体の関係を持ったのはバレているのだから、今さら遅い気もする。生真面目な夕紀が、出向に来てすぐにそこの女子社員と関係を持つような男を好きになるはずがないからだ。

「はあー」

自分の思いに気がついた聡志だったが、もう無理だとベンチの上でため息を吐いた。

「あ、いたいた、おーい」

プールに来て十分もしないうちに落ち込んだ気分になっていると、遠くから美悠の声がした。

どうやら着替えをすませたあと、聡志を探していたようだ。

「こっちです、ぶはっ」

少し薄暗いので聡志はベンチから立ちあがって手を振りかえした。

近づいてきた彼女たちを見て、聡志は先ほど飲んだドリンクをリバースしそうになった。

「な、なんなんですか、その水着は」

女性陣の前を歩いているのは美悠と詩だったのだが、二人ともそれぞれ赤と白のビキニ姿だ。

ただそのビキニのデザインがとんでもない。二人とも下は股間に三角形の布があてがわれただけのような、腰が紐になったパンティだ。

雑誌のグラビアでしか目にしないような過激なものだが、さらにすごいのはブラジャーのほうだ。美悠は三角形の小さな布が乳首を隠しているのみで、Ｆカップの乳肉が上下左右にはみ出していた。

「ふふ、全部、私がデザインしたオリジナルだよ」

白く小柄な身体の背中を反り返らせ、美悠は赤い三角布が乗っただけの巨乳をブルンと揺らした。

「そりゃ、こんなの売ってないよ、あはは」

その隣で屈託なく笑う長身の詩の胸は、Ｈカップの豊乳の乳首の辺りだけを四角形の布が覆っており、その面積はとんでもなく小さい。

色といい形といい眼帯と同じ程度で、それが細い紐で繋がっているのみだ。ちょっと動いたらその眼帯から乳首がこぼれそうだ。

「い、いや、そういう問題じゃないですよ、ここ公共の場所ですよ、プールですよ」

ここはイノベーション開発課の部屋ではない。会社でも破廉恥な格好をするのは問題ありだが、外部のプールでこんなビキニを着たら、まさに露出狂だ。

実際に数は少ないが、まばらにいる他の客も呆然と口を開いている。

「私は見られても全然気にしないけどね。いくらでも見てって感じ」

開けっぴろげな性格の詩は堂々と胸を張る。眼帯のようなブラジャーが乗っただけの巨乳がブルンと弾んで、また周りの目を引いている。

「私は、ふふふ、ある人の劣情を煽りたいかな……なんてね」

続けて軽くウインクした美悠が聡志の股間を見つめてきた。先日の一件以来、美悠の態度はあきらかに変わっている。

その目線は完全に聡志の肉棒をロックオンしているのだ。

「か、勘弁してくださいよ……他の人もいるんですから、ほんとに」

美悠のような美女に惚れられるのは嬉しいという気持ちはあるが、なんだかプールの中でも求めてきそうな気がして恐ろしい。

会社に来た招待状で入ったプールで性行為をしていたなどとなれば、とんでもない騒ぎになりそうだ。

「いいんじゃない、招待された人しかいないんだから」

美悠と詩のうしろから声がして、こんどは夏帆が現れた。ムチムチとした艶《つや》やかな白い脚を大胆に闊歩《かっぽ》させて聡志の前に来る。

「ええっ、うわっ」

夏帆の熟した肉体を覆っている水着は黒のワンピースタイプだが、身体の中央部分に大きな切れ込みが入り、全体がVの字形をしている。

Hカップの柔乳が盛りあがる胸の谷間からおへそ、そして陰毛があるのではないかという辺りまで布がカットされていて、白い肌が露出していた。

「なによ、引くことないでしょ。いい歳しやがってとか思ってるんでしょ」

ブラウンの入った髪を揺らしながら、夏帆はくるりと一回転した。

背中側もお尻の上部が露出するくらいに切れ込みが入り、黒い布の横幅も狭くて尻たぷが大きく露出していた。

回転して正面に戻ると反動で巨乳が横揺れし、Vの字水着から柔肉がこぼれそうになる。

「わっ、出ますよ。だめですって」

いまにも乳首が露出しそうな夏帆の胸元を聡志は反射的に手で押さえた。

「いやーん、聡志くんったら大胆。こんな場所でもおっぱい揉んじゃうの？」

わざとらしく恥ずかしがりながら、夏帆は自分の両腕で胸元を隠し、身体を横に向けた。

その顔が実に楽しげなのが少し腹立たしい。

「プールの中で、するの……」

その隣では詩がなにかを想像したのか、ごくりと唾を飲んでいる。他のお客もいるプールで行為に及ぶなど考えられないが、彼女が言うと冗談に聞こえないから怖い。

「頭おかしいんですか、あっ」

そんなやりとりとしている中、夏帆のうしろにもうひとり現れていた。

半ば無理矢理ここに連れてこられた夕紀だ。

「わあ、なんか、かえってエッチかも」

「ほんと出るとこ出てるわね、まあこんなスタイルの学生なんていないか」

頬をピンクに染めて顔を横に背けている水着姿の夕紀を見て、美悠がきゃっきゃっと声をあげた。

「そんな、みんながこれを着ろって言ったんでしょ」

耐えかねたように叫んだ夕紀が身につけているのは、紺色のワンピースの水着だった。そのデザインは競泳用の、中学の体育の授業で女子が着ていたあのタイプだ。

(なんだか過激な水着よりエッチかも……)

夕紀は脚もすらりとしているし肩周りもかなり華奢《きゃしゃ》で、十代の少女のように細い。なのに胸元は大きく膨らみ、腰回りからヒップも盛りあがっているので、競泳用の水着がやけにいやらしいように思えた。

「あらら、聡志くん、見とれちゃってるわ」

肌も白くて張りがあり、清楚な雰囲気を持っているのに、乳房とお尻だけは豊満な夕紀の水着姿に、聡志は口を開いて呆然となっていた。

その姿を見て夏帆が呆れたように笑った。

「そんな……見ないで、恥ずかしくて死んじゃう」

あらためて聡志の視線を意識したのか、夕紀は顔を真っ赤にしてその場にうずくまってしまった。

(恥ずかしがる姿が、また可愛い)

膝を抱えたポーズがお尻を強調しているのに気がついていない女上司に、聡志はついニヤけてしまうのだった。


時間が進むとプールの場内を照らしているライトがさらに暗くなり、かわりに水中にピンクやブルーのライトが灯された。

周りが暗くて水の中から光が照らすのはなんとも幻想的だ。

「おーい、楽しんでる？」

最初はみんなで固まっていたのだが、そのうちバラバラになり詩と夏帆はプールサイドのビーチチェアに身体を横たえてドリンクを飲んでいる。

二人の水着があまりに過激過ぎるせいか、他の男性客も遠巻きに見ているだけで声をかけようとする様子はない。

まあみんな、一般のお客ではなく招待されて来ているだけに、ナンパなどあまり羽目を外した行為は慎《つつし》んでいるのだろう。

「はーい、気持ちいいよ、浮かんでるのも」

プールサイドから手を振ってきた夏帆に美悠が応えている。彼女は大きな浮き輪に三角ビキニのお尻を入れて、水の上をぷかぷかと漂っていた。

「やっほー聡志くん」

プールには微妙な流れがあり、美悠の乗った浮き輪がゆっくりと聡志の泳いでいる場所までやってきた。

明るく手を振る美悠の乗った浮き輪を、聡志は手で止めた。

「どうしてそんな水着なんですか、注目の的ですよ」

プールに腰まで浸《つ》かった聡志の前に、美悠がお尻を入れた浮き輪がある。

ヒップや股間はドーナツ型の浮き輪の穴に入っているので、周りから見えないが、三角の布がはりついた乳房はプールサイドから見下ろせる。

しかも体勢のせいで、二つの柔乳が真ん中に寄せられて盛りあがり三角の布が浮かんでいる。これでは見るなというほうが無理だ。

「うふふ、私、マゾだから恥ずかしい姿を見られて嬉しいかも」

美悠はそばにいる聡志にだけ聞こえる声で言いながら、かろうじて巨乳の先端部を隠している三角布を、少し持ちあげた。

「ちょっと、だめですって」

ほんとうにちらりとピンク色の乳首が見えて、聡志は慌てて手を覆いかぶせてそこを隠した。

「ふふ、聡志くんが、こんな私にしたんだよ」

さらに密着することになった聡志の耳元で、美悠は囁いてきた。

たしかに、この前の激しいセックスのさなか、聡志はマゾ性を全開にする美悠をサディスティックに責め抜いていた。

『こんな風にエッチしたの初めて……すごく興奮したよ……』

行為のあと、ベッドに倒れた放心状態の彼女にそんなことを言われたのだ。

「たしかにそうですけれども、いくらなんでもこんなところで」

美悠は乳房の上にある聡志の手に自分の手のひらを重ね、揉ませようとする動きまでしている。

その妖しげな二重の瞳にどきりとしてしまうが、場所が場所だ。

「うふふ、こんどまた、たっぷりいじめてもらおうかな。あら、なんか夕紀さん変ね、困ってるみたい」

聡志を見つめていた目を美悠はプールの奥のほうに向けて言った。

そこは先ほどカップルがイチャついていたプールの端の暗い場所だ。そのさらに奥で髪をアップにした夕紀が不安げにキョロキョロしていた。

「ほんとだ、どうしたんだろう」

「まあ私は理由わかるけどね。うふふ、助けに行ってあげたら？　じゃあね」

美悠は浮き輪に乗ったまま聡志の背中を軽く蹴ると、勢いをつけて流れていった。

「ええ、理由って、ちょっと」

意味がわからないが美悠はもうかなり離れている。仕方なしに聡志は夕紀のところに向かっていった。

「どうしたんですか、大丈夫ですか？」

聡志は急いで泳いで夕紀のところに向かう。ナイトプールで本気で泳いでいる人間はいないのでかなり目立った。

「聡志くん、いやっ、来ないで」

照明がほとんどないプールの奥にいるのは彼女だけだ。そこまで聡志がたどり着くと、夕紀は恥ずかしそうに頭を振った。

「ええっ？　なにがあったんですか」

近づくなという彼女に驚いて聡志はその場に立ち止まった。腰まで水に浸かっている聡志のすぐ前で、夕紀は身体を丸くしている。

「水着が縮んだの、やだ、もう」

背中を丸めた夕紀は、水の中の両手で股間の辺りを隠している。弱い光の中で目をこらすと、水着の幅が全体的に、かなり狭くなっていた。

彼女が隠していない部分、胸のところは狭くなった生地の左右から横乳がはみ出し、お尻の側などは食い込んで、尻たぶが半分以上露出しているのだ。

「どうしてそんな、あっ」

美悠がさっき理由がわかると言ったのはこれなのか。たぶん彼女の仕込みだ。

「ああ、きっと水で縮む布で出来てるの、先月の新商品の開発に使ったから」

少し冷静さを取り戻した感じの夕紀が言った。ただ切れ長の瞳には涙がにじんで濡れていた。

夕紀の水着だけ、やけに布が多いと思ったらそんな素材で出来ていたのだ。

「ええ、そんな……」

驚きながらの聡志の目は水中の夕紀の肉体から目が離れない。細身の身体に不似合いな巨乳は、もう外側半分が完全に飛び出していて、もうすぐ乳首が見えそうだ。

「お願い、見ないで」

もう夕紀はパニック状態のような感じで、どんどん身体を丸くしている。

ずっと見ていたくはあるがさすがまずいと、聡志は彼女に背中を向けた。

「このままなら、他の人には見えませんが……」

身体を屈めている夕紀の前で、聡志が立ちはだかるような形になっているので、プールの真ん中やプールサイドにいる客たちからは壁になっている。

ただここからどうしたらいいのか、聡志もなにも思いつかなかった。

「女子更衣室まで連れていって、このまま」

身体を起こした夕紀は聡志の背中にしがみついてきた。男の聡志のほうが身長も身体の横幅もあるので、スレンダーな夕紀の前面は隠れている。

「ええ、このままって……」

だがこんどは聡志がパニックだ。水着からはみ出している夕紀のHカップだという乳房が自分の背中に押しつけられているのだ。

柔乳がぐにゃりと形をかえている感触と、その柔らかさが伝わってきた。

「この体勢であそこまで歩いて行って、お願い」

夕紀は聡志の腋の下から腕を伸ばし、プールにある階段状の部分を指差した。

このプールは競泳用ではなくレジャータイプなので、一部はプールサイドから出入りしやすいように階段になっていた。

「は、はい、ゆっくりいきますよ」

たしかにそこからならいまの体勢でも水からあがれる。聡志は頷いてゆっくりと進んでいった。

「ああ、ごめんね聡志くん」

「平気です」

水の中を身体を密着させたまま進んでいく。相手はさっき自分が好きだという気持ちを自覚したばかりの夕紀だ。

相手にされるはずがないと思った美人上司。彼女の豊満な乳房が背中にあたり、華奢な細い腕が腰に回されている。

(うっ、この硬いのは水着じゃない……よな……)

さらに聡志は背中の肌に硬い突起が触れているのを感じていた。左右に少し離れて二つある感触はきっと夕紀の乳首だ。

「うっ」

それを意識すると一気に股間に血液が集まってくる。パンツの中の愚息が持ち主の意志などお構いなしに硬化してきていた。

「どうしたの」

急に変な声を出して身体を前屈みにした聡志に、夕紀が不安げに声をかけてくる。

「大丈夫です、あ、もう階段です、注意していきましょう」

勃起しているなどと言えるはずもなく、聡志は腰を引いたまま進んでいく。ようやくプールサイドにある階段の場所にたどり着き、二人で歩幅を合わせてのぼりだした。

「ああ、みんな見てる」

当然だがこんな二人はどうしても目立ってしまう。身体を密着させている男女に、プールの中からもプールサイドからも目が集まってきた。

「ああ、お尻見られている」

「えっ」

階段をのぼっていくと、当然ながら二人の身体はどんどん水から外に出ていく。

さらに恥じらっている夕紀の言葉に顔だけをうしろに向けると、水滴が垂れている夕紀のヒップが見下ろせた。

(ほとんど出てる)

乳房と同様に身体は細いのに大きく膨らんだ桃尻の横側はもう完全に露出している。

紺の縮んだ布がふんどしのように食い込み、かえっていやらしくなっているように思えた。

「み、見ちゃいやっ」

夕紀の叫びを聞いて聡志は慌てて前を見た。ただ近くにいる客は夕紀の桃尻のはみ出しにも気がついているのか、口を開いてこちらを見あげていた。

「も、もうそこだから、ああ、いやあ」

夕紀もその視線に気がついているようだ。ただ他のお客さんにまで見るなとは言えない。こんな水着を着ているほうが悪いのだ。

そんな彼女の身体を背中に感じながら、こんどはプールサイドを進んでいく。言われた方向には女子更衣室の入口が見えていた。

「もうすぐです」

身体が離れないように歩幅《ほはば》を合わせ、ようやく女子更衣室の入口の前に来た。

そこには椰子の木の葉が垂れていて、その陰からなにかが飛び出てきた。

「わっ、すいません」

それは水着姿の男性だった。更衣室の入口の横にはトイレがあるのでちょうど出てきたのだ。

「うわっ」

その男性を反射的に避けようとして、夕紀の脚と自分の脚が絡み合ってしまった。

二人ともにバランスを崩して、通路に転倒してしまった。

「いてて、大丈夫ですか、夕紀さん」

「う、うん、大丈夫」

ゴムシートが敷かれた通路に聡志は膝をつき、夕紀は尻もちをついてしまっている。

心配になって慌ててうしろを振り返ると、座り込んだ夕紀の脚が大きく開いていて紺の布が食い込む股間が見えていた。

「あ……」

そこから視線をあげた聡志は、ある異変に気がついた。もとから布が縮んで真ん中に寄っていた夕紀の胸元。そこから左側の乳房が完全に飛び出していた。

丸みのあるHカップの巨乳。下乳には重量感があり垂れている感じはない。

そしてついに姿を現した乳頭部は、以前に詩が言っていたとおり薄いピンク色をしていて、清楚だがやや粒は大きいように思えた。

(すごい……)

乳輪もやや広めでぷっくりとしている。その巨乳の迫力に聡志と、飛び出してきた男までもが魅入られていた。

「きゃああああ」

時間にしてわずか数秒だろうか。音のない時間が流れたあと、夕紀が急に悲鳴をあげた。

ただその目線は自身の胸のほうではなく、聡志に向けられていた。

「えっ、うわっ」

見られている場所は聡志の股間だった。そこに目を落とすとなんと勃起した肉棒がはみ出していた。

水着のお腹のところから、拳《こぶし》大の亀頭部が上に向かって露出していたのだ。

「す、すいません」

聡志は慌てて自分の股間を両手で覆い隠した。

「いっ、いや」

涙目のまま夕紀は立ちあがり、更衣室の入口に向かって駆け出していく。

布が縮んだ競泳水着のお尻が去っていくのを、聡志はただ呆然と見つめていた。

「なんだか、まだ遊び足りないなあ」

夕紀は更衣室に飛び込んだまま戻って来ず、様子を見に行った夏帆がもう無理だというのでみんなで帰宅することになった。

「誰のせいでこんなことになったと思ってるんですか？」

着替えをすませてホテルのロビーに集合した美悠が唇を尖らせて言うので、聡志はつい文句を言った。

「えー美悠、わかんない」

あんな水着を仕込むのは美悠しかいないだろう。詩は自分はまったく知らないし作った覚えがないと言っていた。

裸を見られて夕紀は傷ついただろうし、聡志のほうもただでさえ女にだらしない男だと思われているのに、勃起した亀頭まで見せてしまった。もう終わりだ。

「夏帆さん、なにしてるんだろうねえ」

夕紀と詩は家が近所だということで一緒に先に帰宅した。帰るときも、じゃあ明日会社で、と言われたのみで夕紀は目も合わせてくれなかった。

もともと見込みなどない恋心がこれで完全に砕けたように思えた。

「遅いねえ、じゃあ私、ちょっとトイレ」

どこかに行った夏帆からなにか連絡が来ていないかとスマホを確認したあと、美悠はトイレに行った。

ひとりでホテルのロビーの真ん中に立っているのも居心地が悪いので、聡志は端のほうにあるイスに向かった。

「ぶっ」

そのとき背後からいきなり口を塞《ふさ》がれた。そのままロビー奥の通路に引っ張り込まれた。

「か、夏帆さん、なにするんですか？」

振り返ると姿を消していた夏帆が笑顔で立っていた。会社にいるときと同じスーツ姿だ。

「ちょっと付き合って、聡志くん」

「えっ、どこに？ 美悠さんは」

引き込まれた通路の奥にはエレベーターホールがあった。大きなホテルだから数台のエレベーターが並んでいて、そのうちのひとつに聡志は強引に部屋に連れ込まれた。

プールの隣にそびえ立つホテルの上階の部屋。その窓際に聡志は立っていた。

「どうしてこうなるんですか？ うっ」

ただ夜景を楽しんでいるわけではない。ベランダにも出られるという大きなサッシに背中を預ける形で立ち、膝立ちの夏帆の奉仕を受けていた。

「んんん、んふ、んんん、あんな暴力的なおっぱいを見たら、我慢出来ないかなと思ってね、うふふ、んんん」

一度、亀頭を唇から出した夏帆はすでに黒のブラジャーとパンティのみだ。

染みひとつない背中に黒下着が食い込み、パンティも布が小さいのでむっちりとした尻肉がはみ出していた。

「見てたんですか、助けてくださいよ」

言葉の感じからしてどうやら夏帆は、転倒して乳房や亀頭を露出してしまった夕紀と聡志をどこかで見ていたようだ。

困っているのに見ているだけだったのかと、聡志は部屋に入るなり夏帆にパンツ一枚にされ、さらにそれも脱がされて全裸にされた身体を前屈みにして言った。

「んく、ぷはっ、うふふ、あまりにお熱い感じだったから声がかけ辛かったのよ」

また肉棒を吐き出して意味ありげな笑顔を見せたあと、夏帆は舌先でチロチロと亀頭の裏筋を刺激してきた。

「くう、ううっ、そんな、僕は夕紀さんには、くうう」

舌のざらついた部分を擦りつけるような舐めあげに、骨盤が震えるほどの快感が突き抜けていき、聡志はこもった声をあげてガラスにもたれた身体をよじらせる。

同時に夏帆の言葉に胸の奥が締めつけられた。

巨根の先を飛び出させた聡志を、夕紀はバケモノを見るような目で見ていた。もう完全に嫌われている。落ち込んでいたから、聡志は夏帆にこの部屋に連れ込まれたときも服を脱がされた際も、抵抗する気力が湧かなかったのだ。

「そうかな、夕紀もまんざらでもない感じだけどね、あの子も奥手だから」

「えっ」

変わらず亀頭を舐めながら笑った夏帆の言葉に、聡志は思わず反応してしまった。その口ぶりからして、夕紀も少しは聡志のことを想ってくれているように聞こえたからだ。

「なによ、私が舐めてるときにその顔は。まあいいわ、私は別に聡志くんのこれを独占しようとは思ってないから、んんんん」

「どういう意味ですか、それっ。うっ、くううう」

独占しないとはどんな意図なのか聞こうとした聡志だったが、肉棒が夏帆の口内に飲み込まれ、快感にのけぞってしまった。

大きく開いたセクシーな唇が亀頭を這っていき、さらに竿の半ばまでなぞりながら移動していく。

それだけで背中に電流が走ったような快感が突き抜け、聡志は言葉を失った。

「んんんっ、ん、んく、んんん、んんん」

そんな聡志を垂れ目の瞳で見あげながら、夏帆は大きく頭を動かしてしゃぶりあげを開始する。

口腔の粘膜がゴツゴツとあたり、肉棒の根元が脈打っていた。

(夕紀さんが僕のことを……)

快感に身悶えて天井を見あげる聡志は、夏帆の言葉が夕紀も聡志に対して少しは好意があるという意味なのかと考えていた。

女にだらしないと軽蔑されているのかと思っていたから、正直嬉しい。

「うう、くうう、すごい、ううう、はう」

心が昂ぶると肉棒の快感もあがる。聡志は全裸の身体を窓の前でなんどもよじらせ、完全に快感に没頭していた。

「んんん、ぷはっ……聡志くん、夕紀のこと考えてるでしょ、私としてるときにひどい人ね」

恍惚《こうこつ》とした顔を天井に向ける聡志を見てなにか察するところがあったのか、夏帆は肉棒を吐き出して文句を言った。

さすがというか、この経験豊富そうな美熟女は若い男の考えなどお見通しのようだ。

「えっ、いや、そんな」

そして正直に馬鹿がつく聡志は、ごまかそうとしてしどろもどろになってしまう。

たしかに夕紀にフェラチオされているような気持ちになっていたように思った。

「まあいいわ、でもいまは私のことだけ考えなさい。ふふ、そうさせてあげる」

余裕たっぷりに笑った夏帆は、黒下着の身体をゆっくりと立ちあがらせた。

その動きだけでハーフカップの黒ブラに包まれた巨乳がブルンと弾む。夕紀のバストを暴力的と言っていたが、こちらも破壊力抜群だ。

「ちょっと着替えるわ。ふふ、この前、美悠ちゃんとすごいことしたんだって？」

聡志に背中を向けたあと、夏帆はブラジャーのホックを外した。

そこからパンティを脱ぎながら、顔だけ振り返らせて色っぽい垂れ目の瞳を向けてきた。

「そんなことまで伝わってるんですか？　いつも三人でどんな話を……」

詩も含《ふく》めた三人は、聡志との行為の情報を共有しているのか。隠しごとなしに全部しゃべられていたら、もうごまかしようがないので、聡志はため息を吐くくらいしか出来なかった。

「うふふ、聡志くんって、ほんとうにいい男だよねっていう話よ。心配しなくても夕紀は入ってないから大丈夫」

夕紀にも知られているのではないかという聡志の不安をまた察して、夏帆は不敵に笑い、自分のバッグからゴムチューブのようなものを取り出した。

蛍光グリーンの派手なチューブを手に持ち、夏帆は脚を通して履《は》き始めた。

「え、なんですか、それは」

「美悠ちゃんがくれたもうひとつの水着よ。さすがにあのプールじゃ着られなくてね」

白い背中を聡志に向けたまま、夏帆はお尻の谷間に通ったあと腰の辺りから二本に分岐しているチューブを左右の肩に通した。

「ほら、頭おかしいと思われるよね、こんなの」

いたずらっぽく笑いながら夏帆は聡志のほうを振り返った。堂々と立つ彼女の身体の前面にも蛍光グリーンのゴムチューブがとおっている。

「うおっ」

お尻から繋がるチューブは夏帆のみっしりと黒毛が生い茂った股間を縦にとおり、おへその辺りで分岐している。

そこから乳房の上ではなく横側をとおって肩まで達しているため、ゴムがHカップのたわわなバストを真ん中に寄せていた。

「こんなの……プールに着ていったら大騒ぎですよ……」

水着というより、ほとんど紐が女体に絡みついているに近い。裸よりもいやらしいとはこのことだろう。とくにチューブに寄せられていびつに形をかえた、乳首も剝き出しになった巨乳はなんともいやらしい。

目を見開いた聡志は、夏帆のフェラチオで勃起した肉棒が、さらに膨張するのを自覚していた。

「馬鹿よねー。それにこの水着ね、アソコのところはこんな風になってるんだよ」

こちらに向けられた巨乳を揺らしながら、夏帆は自分の股間に両手をあてがう。

左右の手がゴムチューブを横に引っ張ると、二つに割れて開いた。

「ふおおおお」

もう聡志も変な声しか出ない。一本だと思っていた、陰毛の中を縦に走る蛍光グリーンのチューブが二本となり、股間の割れ目を開いているのだ。

黒毛の奥にある肉ビラを押さえて開いているのか、肉の突起がのぞいていた。

「やっぱり、これはちょっと恥ずかしいかな」

大胆な夏帆も頬を赤くしている。普段は閉じている裂け目が開いて媚肉まで無防備に剝き出しになっているのだから、さすがに恥ずかしいのだろう。

「見せてください、全部」

いろいろと悩んでいた気持ちも忘れ、聡志は勃起した肉棒を揺らしながら前に歩み出た。

あの割れたゴムチューブが股間の奥でどうなっているのか、見たくて仕方ない。

「いいよ、好きなだけ見て。そのかわり」

彼女の前にひざまずこうとした聡志を垂れ目の瞳で見つめながら、夏帆は少し低い声でつぶやいてきた。

「美悠ちゃんに負けないくらいに狂わせて。私もおかしくなるまで感じてみたい」

夏帆のその声は、最後かすれていた。そしてグリーンのチューブが食い込んだ白くグラマラスな身体がブルッと震えた。

「は、はい」

その乳房にも秘裂にも聡志はまだ触れていない。なのにすでに興奮の極致にあるような美熟女に吸い寄せられるように、聡志はカーペットの敷かれたホテルの床に膝をついた。

そして目の前に立つ夏帆のムチムチとした左脚を持ちあげると、ベッドの上にあげさせた。

「あっ、やだ、開いてるのに」

片脚立ちになるともちろんだが股間は丸出しになる。それを聡志が下から見ている体勢となり夏帆が珍しく恥じらいの声をあげた。

「たしかになにもかも剝き出しです、すごいですね」

蛍光グリーンの二本のゴムチューブがうまく夏帆の肉ビラを押さえていて、秘裂全体がぱっくりと開かれている。

薄ピンクの媚肉やクリトリス、膣口の中にある厚めの膣壁ものぞいている状態だ。

そしてそのすべてがねっとりとした愛液にまみれて輝いていた。

「もうドロドロじゃないですか」

剝き身の生貝のような状態の薄桃色の女肉に、聡志はそっと指をあてがう。粘っこい愛液にまみれたそこは、かなりの熱を帯びていた。

「ああ、だめ、あああっ、だって私も、あああん、ああ」

指はまったく動かしていないというのに、夏帆は切ない声をあげてのけぞった。

巨大なヒップを大きく揺らしながら、天井を見あげて唇を開いている。

「私もどうしたんですか？」

そんな彼女の性感を煽るように、聡志は指で膣口やクリトリスの周りをなぞっていく。力は入れず、そして肝心の場所には一切触れなかった。

「ずっと、あああん、プールのときから熱くて、ああん」

こんどはいまにも泣きそうな表情になって、夏帆は自分の足元に膝立ちになった聡志に訴えてきた。

ムチムチの下半身を常によじらせ、もうたまらないといった風に泣く女上司の姿に、聡志もまた変なスイッチが入った。

「どうして欲しいんですか？　自分のお口で言ってください」

もう欲望の限界に達している様子の夏帆を、聡志はまだ焦《じ》らしていく。クリトリスの両側に指をあてがいながらもそれ以上は動かさない。

「ひいいん、あああ、摘まんで、ああ、クリちゃん強くしてぇ」

夏帆はもう自分の肉欲に飲み込まれているのか、密生する陰毛にゴムチューブが食い込んだ股間を前に押し出すようにして叫んだ。

「こうですね」

聡志はあてがっていた指で肉の突起を摘まみ、そのまま強めに引っ張った。

「あああ、ひぃいいいいん、おおおお」

強過ぎたかと思うくらいの責めだったが、美熟女は見事に反応する。

蛍光グリーンのゴムチューブに彩られた肉感的なボディをガクガクと震わせ、雄叫びのような声を部屋に響かせた。

「おっと」

これだけで頂点に達したのかと思うくらいに全身を痙攣させている夏帆は、片脚立ちの身体を維持出来ずに、崩れ落ちそうになる。

聡志は急いで立ちあがると、彼女の身体を抱きしめて支えた。

「このままいきますよ。こっちも下も」

ベッドの横に二人で立って抱き合う形となり、瞳が蕩《とろ》けきった夏帆の顔が目の前にきた。

半開きで荒い吐息を漏らす唇を自分の口で塞ぎながら、同時に肉棒を、片脚立ちの股間に向かって突きあげた。

「んんんん、んくうううう、んんんん」

唇のほうにも舌を入れて夏帆の口内を掻き回す。上下同時の挿入に夏帆は身体をよじらせて反応する。

だがキスをしているので、鼻から息を漏らしてこもった声をあげるのみだ。

「んんん、んんん」

夏帆は聡志の背中に手を回して懸命にしがみついている。いつもは余裕たっぷりの女上司を、自分がここまで追いつめている。

そう思うと聡志ものってきて、怒張を力強く突きあげた。

「んんんん！　ぷはあああ、はああああん、奥う、ああああっ」

肉棒が膣奥を抉り、夏帆は大きくのけぞった。その勢いで唇が離れ、淫らな喘ぎ声が響き渡る。

「まだまだいきますよ」

完全にスイッチが入っている状態の聡志は、のけぞる彼女の身体を抱えあげた。

ベッドにあげた左脚ともう片方の右脚の両方の膝裏に手をかけ、夏帆の足を完全に床から浮かせる。

「あっ、これ、あああっ、だめっ、ああ、あああ！」

夏帆が慌てて聡志の首にしがみつき、駅弁の体位となった。

若い力で美熟女の肉体を持ちあげたまま、大きく上下に揺すりたてる。

「ひいんっ、あああ、すごい、あああん、あああああ」

大きく実った巨尻が宙に浮いては聡志の股間にぶつかるのを繰り返し、そのたびに彼女の膣奥に亀頭がぶつかる。

ゴムチューブによって寄せられたHカップの巨乳が波打ち、二人の肌がぶつかる音が部屋に響いた。

（もっとこの人を追いつめたい）

駅弁の体位で全体重と亀頭を膣奥にぶつけられるようなピストンを受けている夏帆は、もう目を泳がせて喘ぎ狂っている。

だが美悠を羨ましいといった彼女は、もっと先を求めているような気がした。

「夏帆さん、移動しますよ」

持ちあげた夏帆の身体を揺すりながら、聡志は窓のほうに歩いていく。

たしか部屋に入ったときに、夏帆からこの部屋はベランダにも出られると言われていたのを思い出した。

「ああっ、あああん、なにを、ああ、ああ、ああん」

聡志がサッシを開くと夏帆は驚いた顔をするが、肉棒が濡れた膣奥にあたるたびに、抱えられた身体を震わせて喘ぐ。

もう無抵抗状態の彼女を、聡志はそのままベランダの柵まで連れていった。

「夏帆さん、ここに手を置いて」

ここは十階程度の高さだろうか。眼下には夜の街が広がっている。

ベランダは独立しているタイプで隣などとは離れている。他のベランダに人気《ひとけ》はないが、顔を出せばこちらが見えるくらいの距離だ。

「や、いや、ここは外……あ、なにをっ」

周りに高いマンションなどはないが、さすがに裸で外はと、ためらう夏帆の背中を聡志はベランダの柵に押しつける。

ベランダの手すりに肘を置いて上体を預けた形になった夏帆の腰を引き寄せ、聡志はそのままピストンした。

「あっ、ここで!? あああん、こんなの、ひいいん、だめえ、あああぁ」

外界に背中を向けて手すりに腕を乗せた上半身をのけぞらせると、夏帆はなんども頭を横に振った。

さすがに近くの部屋から見られてしまうと夏帆は恥じらうが、聡志はお構いなしに彼女の腰を引きながら自分は少しうしろに下がった。

「いいじゃないですか、みんなに夏帆さんのいやらしい姿を見せてあげましょうよ」

夏帆は柵を摑んでいるので、聡志が下がるとその肉感的なボディがまっすぐに伸びる。

　ねっとりとした脂肪が乗った白い両脚をしっかりと抱え、聡志はピストンを始めた。

「あああ、ひいいんっ、いやあああ、ああだめえ、ああっ、恥ずかしい、ああ」

　空中に仰向けで浮かんでいるかのような夏帆は、周りの部屋を見ながら泣きそうな顔をしている。

　ただ喘ぎ声はいっそう激しくなり、彼女独特の媚肉の吸いつきも強くなった。

（燃えてきたな、夏帆さん）

　恥じらいながらも夏帆がこの異常な状況に性感を燃やしているのを、聡志は彼女の全身から感じ取り、さらに腰を強く振りたてた。

「あああっ！　あああん、激しいっ。あああん、私、ああ、外なのに、ああ」

　まだためらいの気持ちはあるものの、もう快感がそれを上回っているのだろう。夏帆はさらに声を大きくしホテルの外壁に反響するほどの絶叫をあげている。

　もう見られることにためらいはないのか、それとも自分がよがり狂う姿を見られたいと思っているのか。

「いっそ会社名と自分の名前を叫んでみたらどうですか？」

　ゴムチューブに寄せられた巨乳の先端を尖らせ、夜空を向いて喘ぐ美熟女を聡志はさらに追いつめていく。

汗ばんだ太腿をしっかりと抱えながら、開かれた股間に怒張を突きたてた。

「あああ、それはだめえっ、ああ、会社クビになっちゃう、あああん、でも、あああ、夏帆、もうたまらないのっ、あああ！」

さすがに会社名は言わなかったが自分の名を叫びながら、さらに声を大きくした。

媚肉の締めあげも強くなり、聡志の肉棒も愛液の海の中で快感に痺れていた。

「あああん、もうおかしくなる、あああ、夏帆、ああイッちゃうっ！」

とことんまで追いつめられたいと言った彼女の思いに応えられているのか、それは聡志にはわからない。

ただビクビクとうごめいて肉棒に吸いついてくる熟した女肉に向けて、怒張を懸命にピストンした。

「あああああ、あああ、イク、もう夏帆イクわ、ああ、オマ×コ怖いくらい、気持ちいいのう、あああ!!」

ついには大声で淫語まで叫びながら、夏帆はベランダの柵に預けた上半身をのけぞらせた。

白く豊満な巨乳が尖った乳首と共に胸板の上で踊り狂った。

「あああ、イク、イクうううう、聡志くんの大きなおチ×チンでイクううっ！」

柵の外に頭を落とした夏帆は、夜の街に向けて最後の叫びをあげた。

これはもう完全に周りに聞こえているだろう。だがいまの夏帆には、それも肉体を燃やすひとつの要素になっているようだ。

「くうう、僕もイクっ……！」

夏帆からは自分とするときは常に中で出して欲しいと言われている。その言葉に従い聡志も腰を震わせる。

全身に快感が走り、怒張がビクビクと脈打って精液を発射した。

「あああん、イク、イクッ！　あああ、ずっとイッてるぅ、ああーっ！」

「くうう、僕もっ、ううう、すごい」

夏帆はなんどもエクスタシーの発作に下腹部を痙攣させ、ゴムチューブに絞られている巨乳を波打たせて、空中で仰向けのまま絶叫を繰り返している。

その瞳はもう完全にどこかにいってしまっていて、意識も虚ろに見えた。

「はううう、僕もまだ出るっ、ううう、くうううっ」

媚肉もさらに吸いついてきていて、聡志は夢中で肉棒を振りながら射精を繰り返す。

少し離れた部屋のベランダからこちらを見ている人間が視界に入ったが、もう気にする余裕はない。

「あああん、あああぁっ、夏帆、あああ、たまんない、ああ、最高よ……！」

そして夏帆もまた自分のすべてを崩壊させて悦楽に酔いしれ、夜の空に蕩けた顔を向けて叫んでいた。

第五章　泡ビキニのソーププレイ

翌日はやっぱり眠く、聡志はあくびを必死でこらえていた。プールで泳いだあとに激しいセックスまでしたのだから当たり前だ。

(僕もかなりおかしくなってきてるかも……)

淫らさを全開にし、新たな性癖まで露わにする美女たちに煽られ、聡志自身も獣じみた欲望に流されている気がする。

普段はしっかり者の美悠や夏帆が快感に自我さえも崩壊させる。そんな姿を見て自分も満足している気がするのだ。

(だめだ、ちゃんとしないと)

二週間延びたとはいえ新商品の社内プレゼンに向けて、新商品であるパートナーを誘惑するキャミソールの作成も大詰めだ。

プレゼンでは社長以下、重役たちが集まる前で試作品を披露して、ゴーサインが出たら商品化となるらしい。

これは他部署が新商品を出す際も同じらしかった。

「うーん、いまいちしっくり来ないなあ。もっと透けてるほうがいいのかな」

すでに作製されたいくつかの試作品。デスクに並べたキャミソールを見下ろして美悠が腕組みをしてうなっている。

基本的にこの部署の商品は美悠が中心になって開発される。コスプレイヤーとして特殊な衣装を長く作り続けてきたノウハウが生きているそうだ。

「ねえ聡志くん、もう少し透けたデザインのほうが欲情する？」

対面のデスクに座って、開発にはなんの役にもたっていない聡志に美悠が顔を向けて聞いてきた。

「欲情ですか、は、はい」

いつも面白半分にスケベなことを聞いてきたりする美悠だが、今日は真剣だ。たとえ商品がエッチな目的のものであっても、開発は真面目だ。聡志はイスから立ちあがって美悠の横にいき、デスクに並んだ数枚のキャミソールを見下ろした。

「どれがいちばんエッチに見える？」

率直に聞いてくる美悠の言葉に頷いて、紺や赤のキャミソールを見つめた。どれも上品そうなレースで作られていて、胸の部分が透けていたり、逆に胸はしっかりと隠れているがお腹のところがシースルーになっていたりする物もあった。

夕紀と詩も席から立って聡志たちの周りにきた。

「モロに見えるよりも……うーん……あっ」

ちらりと、という言葉を口にしかけたとき聡志はあることを思い出した。美悠が前に聡志の前で着用していたメイド服だ。

（モロに見えるより、お尻の下がちらりと見えたほうが興奮したような）

ミニのメイド服姿の美悠が前屈みになったときに見えたお尻と太腿の境目。それを思い出すと心がざわついた。

聡志は数枚あるキャミソールを手にとって順番に確認したあと、紺色のものをあらためて持った。

それは試作品の中ではいちばんオーソドックスで、透けている部分も少ないタイプのものだ。

「透けてるのもいいと思いますけど、男は見えそうで見えないっていうのも妄想をかきたてられるんですよね、ほらこことか」

聡志は自分で手に持っているキャミソールのブラにあたる部分を指差す。この試作品はブラの部分がちょうどハーフカップになっている。

「この高さが乳首が見えるか見えないかくらいになると、どうしても中をのぞきたくなるというか」

聡志は胸のカップのところを上から覗き込むような仕草をした。女性陣の前でとんでもない話をしているように思うが、これは仕事だ。

「下の丈《たけ》もお尻がちらりと見えるぐらいが、いいんじゃないでしょうか？」

そのチラリズムがいいと聡志は感じていた。もちろん見えるのもいいが、のぞけば見えそうなのもまたそそられるのだ。

「なるほどねえ。うーん、じゃあどうしようかな」

聡志の意見を聞いて美悠がうーんとうなりだした。彼女はじゃあシースルー生地はやめてしっかりとしたレース生地のほうがいいのかと、考え込んでいる。

「一回、試しにやってみましょうよ。私が着るからこの場で丈なんかを詰めたらいいじゃないですか」

横で見ている詩がいつものあっさりとした感じで言って、いきなり着ているトレーナーを脱いだ。

ピンクのブラに包まれた巨乳と、ほどよく筋肉がついた白い上半身が露わになる。

「う、詩ちゃん、ちゃんと試着室使って」

当たり前のように服を脱いだ詩を、慌てて夕紀が制止した。真面目な夕紀はもう顔が真っ赤だ。

聡志は詩がいきなり服を脱いでも、特に狼狽《うろた》えたりはしなかった。こんな状況になれてきている自分が怖い。

「別に裸なんて、もう見られてるから気にしないですけど」

「いいから、こっち」

今日もブラウスにスカート姿の夕紀に背中を押されて、詩はイノベーション開発課の部屋の隅《すみ》にある、テントのような組み立て式の試着室に連れていかれた。

自分たちでセクシー下着を試したりするときに、美悠や詩があまりに堂々と裸になるので夕紀が用意したそうだ。

「はいはい、わかりました」

詩が面倒くさそうにカーテンの中に入って着替えだした。

中は狭いので、たまに突き出した彼女の巨尻がカーテンの布に浮かんだりしている。

「はい、着ましたよ」

しばらくすると詩が明るい声で言って、カーテンを開けて出てきた。

「ぶはっ」

「なにそれ、チラリズムどころじゃないじゃん、あははは」

紺色のキャミソールだけの姿になった詩を見て、聡志は吹き出し美悠は爆笑している。

長身の白い身体にそのキャミソールはあきらかに小さく、腰回りはパツパツで布がいまにも引き裂けそうだ。

そして上のブラの部分も、ハーフカップどころか乳房の七割程度がはみ出していて、乳首ももちろん露出していた。

「でもけっこうセクシーじゃないですか、これ」

詩は身体をひねってグラビアアイドルのようなセクシーポーズをとる。

背中やお尻も見えたのだが、こちらに白い尻たぶが完全に見えていて、美悠がさらに笑い声をあげた。

「さすがに、うく、小さ過ぎみたいね、ごめんね」

そんな詩に夕紀だけは謝っているが、あきらかに笑いをこらえていた。

「みんなひどーい」

緊張感が一気になくなった三人に、詩が自分はいたって真面目なのにと頬を膨らませた。

「あははは、でも私じゃ、こんどは大きすぎるしねえ。そうだ、夕紀さんならちょうどいい感じじゃないかな」

笑っていた美悠がなにかに気がついたように、そばにいる夕紀を見た。

「えっ、そんな、無理無理無理、私は無理よ」

美悠の言葉に夕紀は慌てて黒髪の頭を横に振った。職場でセクシー下着だけになるなど、真面目な彼女にとってありえないのだろう。

「だって仕事じゃないですかあ、ふふふ、詩ちゃん、脱いで」

顔を真っ赤にしている女上司を意味ありげな目で見つめながら、美悠は詩に着ているキャミソールを脱ぐように言った。

「そんなあ、あんなの、私」

「だって誰かが着ないといけないんですからねえ、うふふふ」

もっともらしい言葉を口にしているが、美悠は完全に夕紀が恥じらう姿を楽しんでいる。

この前はマゾヒスティックな快感にのたうっていた彼女だが、今日はサディストな一面を見せていた。

着だ。

（夕紀さんがあのキャミソールを……）

試作品の中でいちばん大人しめのものといっても、もともとセクシーなタイプの下着だ。

プールで見た縮む前の競泳水着でもエッチだった白い肉体が、布が少なめのキャミソールを身につけたらどうなるのか、聡志はごくりと唾を飲んだ。

「はーい、夕紀さん、どうぞ」

さっさと仮設型の更衣室に入った詩は、中から腕だけを出して夕紀に紺色のキャミソールを手渡した。

「やだ、いや、無理」

「大丈夫ですって、私たちしかいないんだから」

「だって聡志くんが……きゃあ」

服を着直して出て来た詩と交代に、夕紀が更衣室へとねじ込まれている。

夕紀がジタバタしているので、仮設型の更衣室が大きく揺れて倒れそうだ。

「さあ脱いだ脱いだ」

強引に夕紀を更衣室に入れた美悠と詩は、彼女のブラウスのボタンを勝手に外していっている。

動きが激し過ぎて夕紀のスカートがずりあがり、白い太腿がのぞいていた。

「聡志くんは向こうをむいててね」

夕紀が出てこないように両腕で押しながら、美悠がこちらに顔だけを向けてウインクした。

「はっ、はいっ」

聡志は慌てて彼女たちに背中を向けた。ただ大騒ぎしている音や声は、しっかりと聞こえてくる。

「相変わらず、すごいスタイルですね。うわ、おっぱいの形も綺麗」

「だめ、脱がさないで」

「脱がないと着られないですよ、うふふ」

三人の姿は見えなくても、なにをしているのかはわかる。声だけしか聞こえないのがかえっていやらしい感じがしていた。

「ほらパンツも脱いでお尻もチラ見せしないと」

「そんなあ、無理、あっ、いやっ」

どこまで夕紀は脱がされているか、もう声は悲鳴にかわっている。

（ノーパン……うう……）

夕紀は全裸にされてあのセクシーなキャミソールを着せられているというのか。

考えただけで聡志はもう鼻血が出そうだ。当然ながら股間の愚息はビクビクと反応を始めていた。

「もうちょっと胸をつめたほうが」

「そうね、動かないでね夕紀さん。ピンで押さえるから」

「いやあ、はみ出ちゃうから、だめえ」

ブラの部分の布をさらに詰めているようなやりとりまで聞こえてきた。

もう妄想が暴走し過ぎた聡志は、頭がクラクラとしてくる有様だ。

「よし、とりあえず完成。さあ出てきて夕紀さん」

「あっ、やだ、どうして」

「聡志くんに見てもらって感想を聞かないと意味ないでしょ」

「そんな、あっ、いやああ」

悲鳴と共に床を歩いてくるような音が聞こえた。もう聡志は腕も膝もガクガクと震えだしている。

いま夕紀がどんな姿なのか、考えれば考えるほど全身が熱く昂ぶるのだ。

「いいよ、こっち向いて聡志くん」

そして美悠の声が背後から聞こえてきた。

「は、はい」

ようやく許されて振り返ろうとするが、待ちわびた瞬間なのに脚がすぐに動かない。

はあはあと荒い息を吐きながら、聡志はゆっくりと身体を回転させる。

「だめえ、見ないで」

「ほら動かないで、だめですって」

「あっ、やだ、いやっ」

夕紀の悲鳴とまたバタバタとしているような音が聞こえてきた。

いつもの聡志なら夕紀の泣き声に振り返るのを躊躇するのだろうが、いまはもうそんな考えすら浮かばなかった。

「うっ、う、すごい」

振り返ると、一メートルほど向こうに左右から両腕を美悠と詩に抱えられた夕紀がいた。

もちろんその白い身体に身につけているのは紺色のキャミソールのみで、真っ白で艶やかな両脚は剝き出しだ。

「お、おおお」

そのセクシーさに聡志は声も出ない。

乳首や陰毛が見えたり透けたりしているわけではない。胸のところは布が詰められていて少し形が変だが、乳首がどうにか隠れているという位置にブラカップの端があり、巨乳のほとんどが露出している。

Hカップだという巨大な乳房が姿を現しているのに、乳首だけがどうにか見えないという状態で、背伸びして上から覗き込みたい衝動に駆られた。

(し、下も)

キャミソールの丈もかなり詰められていて、夕紀の股間がのぞきそうだ。なのに毛の一本も見えない。

こちらもまさにギリギリでしゃがんで下から見てみたい。おそらくはノーパンだから、すぐに夕紀の秘密の場所が見えるはずだ。

「はい、こんどはうしろね」

「いやあああ」

もう言葉も出ずにただ見つめている聡志の前で、美悠と詩に両腕を抱えられた夕紀の身体が半回転した。

キャミソールは腰まで布がないので白い背中が大きく露出していた。

（ふおおおおお）

キャミソールの丈のところから、夕紀の真っ白な尻たぶがわずかにはみ出している。彼女は細身でありながらヒップもけっこう豊満なので、キャミソールの布がけっこう密着していて形が浮かんでいるのだが、全部は見えない。

それがさらに男の妄想をかきたて、聡志は口をぽかんと開けたまま目を見開かせ、声も出なかった。

「もう許してえ、ああ、聡志くん、どうしてなにも言わないの、確認したでしょ」

もとからエッチな女上司の身体をさらにいやらしく見せるキャミソール。

ただただ見とれている聡志に、夕紀が肩越しに真っ赤になった顔を向ける。その切れ長の瞳が少し潤んでいるのが、また彼女の色香をかきたてていた。

「うふふ、言わないいんじゃなくて言えないいんだよねえ、確認しよう」

美悠が夕紀の腕を放して聡志の前にやってきた。確認とはもちろん肉棒の状態をチェックすることだ。

「うっ」

美悠の手がズボン越しに触れただけで、聡志は前屈みになって変な声を漏らした。

正直、それだけで射精してしまうかと思うくらいの快感に腰が震えた。

「やだ、なんだか私としたときよりも硬くなってる気がするんだけど」

聡志の股間を揉みながら美悠が不満げに唇を尖らせた。

「え、マジですか、私も触る」

セックス絡みとなれば目の色がかわる詩も、夕紀の腕を放して駆け寄ってきた。

「きゃっ」

両腕を解放された夕紀は、そのまま床にへたり込んでしまった。

「うわ、ほんとだ。もうギンギン」

詩も目を白黒させながら布ごと聡志の肉棒を強く握り、上下に手を動かした。

「くっ、うく、それだめ、詩さん、くう、許して」

乳房やお尻をはみ出させた夕紀のキャミソール姿に燃えあがっていた肉棒をしごかれ、聡志はさらに腰を屈めて身をよじらせた。

「はっ、はうっ、だめ、離して」

肉棒がビクビクと脈動を繰り返し、聡志は情けない声をあげながら大きくうしろに下がった。

詩の肉棒を握る手はどうにか振り切れたが、離れる瞬間に強く摑まれ、強い快感に腰が震えた。

（ちょ、ちょっと出た……）

快感が収まってもジンジンと痺れている感じの肉棒の先端から、少し精液が漏れてしまっているような感覚があった。

ズボン越しにしごかれて、ここまで追いつめられるとは思いもしなかった。それだけ夕紀の艶めかしい姿にやられていたのかもしれない。

「男って見えそうで見えないのに、こんなに興奮するんですね、すごいや」

淡々とした感じで詩が言った。彼女はとにかくセックスや裸などに抵抗がない。

「そうねえ、でも夕紀さんだからじゃないの。聡志くん」

美悠はいたずらっぽく笑って、美悠が聡志と床にへたり込んだ夕紀を交互に見ている。態度に出ているのか、聡志の夕紀に対する気持ちに気がついているようだ。

「そんな……聡志くん」

聡志の言葉に夕紀が顔をあげた。頬が少し赤らみ潤んだ瞳が切なげだ。

彼女はとくになにか続けて言うわけではなく、お尻をぺたりと床について座ったまま、聡志の顔をじっと見あげてきた。

「ゆ、夕紀さん、うっ」

夕紀がなにを考えているのかまではわからない。ただ彼女が聡志を拒絶しているわけではないように思えて聡志も見つめ返した。

ただ夕紀はへたり込んだ体勢で、上半身を前屈みにして両手を床に置いているので、聡志の位置からだとキャミソールの胸元が見下ろせてしまう。

白い乳房はほぼ全部、薄桃色の乳輪部も上半分がのぞいていて、聡志は声を漏らしてしまった。

「きゃっ、いやっ、ああ、見ないで、もういや」

聡志の目線に気がついた夕紀は慌てて立ちあがると、更衣室の中に駆け込んだ。

「夕紀さん」

その勢いでキャミソールの裾がまくれ、お尻がちらりと見えた夕紀を聡志はただ見送っていた。

(さっきの目はなんだったんだろう)

自分を見あげてきた潤んだ瞳。普段の仕事のときとも、美悠にスケベなことを言われて恥じらっている彼女とも違う、なんとも読めない表情だった。

もしかして夕紀も自分に好意を持ってくれているのだろうか、そんな希望が聡志の心に湧きあがった。

「でも、ひとりひとりバストや身体のサイズも違うのに、そのギリギリの丈や胸元のカップをどうするかよね」

「ある程度、動かせる生地には出来るけど、うーん、ボタンで調整とか無理でしょうしね」

そんな思いに囚われて呆然となる聡志の横で、美悠と詩はさっそく頭を切り替えて仕事の話をし始めた。


あのあと夕紀はあまり聡志と目を合わせてくれなかった。キャミソールの調整をどうするかで、専門的な話し合いになっていたせいかもしれないが。

(うーん、でも軽蔑されてないだけでも、ましだと思わないとな)

美悠や詩と聡志が関係を持ったのを夕紀も知っている。真面目な彼女だからだらしない男を嫌悪しそうなだけに、嫌われていないだけでもましだろうと聡志は少しほっとしていた。

「おひとりですか、お兄さん」

そんなことを考えながらぼんやり駅に向かって歩いていると、いきなりうしろから両腕を抱えられた。

「うわっ、美悠さん、詩さん」

昼間、夕紀がされていたのと同じように聡志の腕を左右から抱えているのは、美悠と詩だった。

美悠はスカートに可愛らしいデザインのブラウス。詩はあっさりとしたトレーナーにデニム姿だが二人ともかなりの美女だ。

しかも揃って巨乳だから柔乳が聡志の腕にあたってぐにゃりと形をかえていた。

「ど、どうしたんですか？　……ちょっと、離して」

当然ながら、美女二人にうだつのあがらなそうな男が挟まれていたら人目を引く。

恥ずかしくなって腕を振りほどこうとするが、二人は強引に聡志を引いて進む。

「帰り際に使える物に心当たりがあるって言ってたじゃん、詳しく聞かせてもらおうと思って」

満面の笑みを隣の聡志に向けながら、美悠は進んでいく。先ほど帰り際に、キャミソールの丈を変えるのにワイヤーを使えばいいのではないかと、聡志はふと思いついた。

ただ確証がないので一度元の会社に行き、先にサンプルを見てもらおうと考えて、はっきりとは話さなかったのだ。

「明日、朝に元の会社に寄っていろいろ持って来るって言ったじゃないですか」

「えーだって、すぐ聞きたいじゃない。近くにゆっくり話せる場所があるから行こうよ」

美悠はニコニコと笑いながら、駅前の商店街のほうを指差した。どこかいい居酒屋でもあるというのだろうか。

「わ、わかりましたから、離して」

説明するくらいは別にかまわないし、なにより人目を引く状況はどうにかしたい。

「いいから、さあ行こう」

長身の詩がさらに力を入れて聡志の腕を引っ張る。半ば引きずられながら聡志は夜の街を進んでいった。


役に立つかもしれないと思ったのは、細いワイヤーを巻き取ることが出来るダイヤル型のパーツだった。

反対向きに回したらワイヤーを出し、また正回転で回せば巻き取る。よく靴に採用されているパーツで、ワイヤーを靴紐がわりにして結んだりする手間なくダイヤルを回すだけで、靴を締めたり緩めたりが出来るシステムだ。

「なるほどね、これならうまく使えば裾の長さを変えられたりするかもね」

話を聞いた美悠が頷きながら言った。キャミソールの内側にワイヤーを仕込めば、巻き取り機能を利用して丈の長さを変えられるかもしれない。

短か過ぎると思えば、逆に回してワイヤーを出せば丈を伸ばせる。それなら購入した人の体型に合わせて丈を調整出来るので、お尻のギリギリが狙えるというわけだ。

「無理じゃないと思いますよ。ダイヤルはフリルとかをつけて隠せばいいし」

実際に試作品を作製する縫製担当の詩も頷いた。ダイヤルも靴に着けられるくらいの小型で軽い物だから、着た人間が気になることはないだろう。

「そうね、あとはブラの部分をどうするかよね」

詩と美悠は真剣な顔をして新製品について話し合っている。

「で、これはいったいどういう状況なんですかね」

二人が仕事に関しては極めて真面目なのも知っているし、夏帆によると社内でも技術やセンスを認められているらしいから、きっとワイヤーも生かしてもらえるだろう。

ただ聡志は現在、なぜか会社から歩いて通える位置にある美悠の自宅の、浴室に敷かれたエアマットに全裸で寝かされていた。

くつろげる場所というから、個室の居酒屋でも行くのかと思っていたら、ここに引き込まれて服を脱がされたのだ。

「ふふ、この水着可愛いでしょ」

聡志が寝ている赤のエアマット。その傍《かたわ》らにビキニ姿の詩と美悠がいる。そのビキニは白色で、泡が膨らんだような形をしている。

さらに彼女たちはボディソープを泡立てて身体に塗《ぬ》り込んでいるので、水着がそれと一体化し、裸の身体を泡が隠しているように錯覚させた。

「うふふ、裸よりエッチに見えない？」

美悠は泡にまみれた身体を聡志にかぶせるようにして、ビキニの胸を密着させる。

「滑りやすい素材で出来てるから、こうすると気持ちいいでしょ」

美悠は泡ビキニをわざと聡志の乳首に押しつけ、自分の身体をゆっくりと前後に動かしてきた。

「くう、うっ、なんで、これ」

泡ビキニはビニール系の素材で、ボディソープのぬめりが加わるとなんとも絶妙な摩擦を発生させる。

それが乳首という敏感な場所に擦れると甘い快感がわきあがり、聡志は思わず声をあげてしまった。

「ふふ、ボディソープをつけたときにいちばん気持ちよくなるよう、摩擦を計算して生地を選んだんだよ」

誇らしげに笑った美悠だったが、でもあんまり売れなかったと唇を少し尖らせた。

「二人がかりでソーププレイなんて初めてかも」

聡志の下半身側にいる詩が右脚を持ちあげて、それに跨がった。そのまま泡ビキニのパンティの股間を擦るようにお尻を動かす。

「ううっ、くう、これっ、くううう」

ぬめったビニール生地が肌を洗っていくのが心地いい。三人でするのは初めてなら、一人相手ならボディ洗いをしたことが詩はあるのだろうか。

ただもう突っ込む気持ちも起こらなかった。

「いい顔ね、聡志くん、気持ちよくなってね」

完全にスイッチが入っている顔になった美悠は自分の身体を聡志に擦りつけながら、舌をチロチロと動かす。

「うう、くう、そんな風に」

そのピンクの舌先が触れているのは、もちろん聡志の乳首だ。くすぐったいような快感に聡志は腰をよじらせていた。

「エッチだねえ、じゃあ私も」

詩も負けじと聡志の脚を下ろすとこんどは肉棒の前で、土下座をするように長身の白い身体を屈めてきた。

泡にまみれた二つの巨乳で肉棒を挟んでしごき始める。

「ううっ、詩さん、これ、くううう」

泡の形をしたブラジャーの周りにも、たっぷりと本物の泡がまとわりついている。

その中に聡志の硬くなりはじめた肉棒が吸い込まれていき、ゆっくりとしごかれ始める。

「はううう、くううう、すごいです、うう」

詩の艶やかな肌と摩擦を計算に入れ、ビニール生地に交互に肉棒を擦りあげられる。

少し違う感じの快感が交互にわきあがり、聡志はもう声が止まらず、肉棒も一気に硬化していく。

もう聡志は完全に流されていて、ここに連れ込まれるまでの経緯などどうでもよくなっていた。

「ああ、すごく大きくなってるじゃない、すごいわ」

聡志に横から寄り添う形でかぶさっている美悠が、完全勃起している肉棒のほうを振り返って、艶めかしい声をあげた。

彼女の全身はもうピンクに染まっていて、それは暑い浴室の中にいるからだけのようには思えなかった。

「ずっとお尻揺れてますよ、美悠さん」

そんな先輩社員の発情に気がついた詩が、自分のほうに向いている美悠の股間に向かって指を差し入れた。

「ひっ、ひぃん、そこだめ、ああ、はあああん」

股間のどこを責めているのか、聡志の位置からはよくわからない。ただ美悠は強い反応を見せて背中をのけぞらせている。

「うわあ、もうドロドロじゃないですか」

詩は美悠のパンティの中まで指を入れているようで、クチュクチュと音が聞こえてくる。

そしてさらに彼女は聡志の肉棒を挟んでいる巨乳を、片腕で抱えながら上下に大きく揺すってきた。

「ひぃいん、奥は、あああん、ああっ、ああ」

「う、詩さん、くうう、それ、ううう」

美悠の媚肉と聡志の肉棒を詩は器用に同時責めする。長い腕で二つの乳房と肉棒を抱えるようにしてパイズリする姿は圧巻だ。

「くうう、詩さん、うう、激し過ぎです、うう」

たださすがにこの状態では力加減が出来ないのか、泡ビキニの生地を強く肉棒に擦りつけてくる。

ぬめった感触のビニール生地に激しく亀頭や竿を責められ、聡志は喘ぐばかりだ。

「あああん、ああ、もう私、ああ、ああ」

そして美悠のほうも快感に喘ぎっぱなしだ。聡志の目の前にある美少女顔は蕩けきり、大きな瞳も虚ろになっている。

「ふふ、そうだ。じゃあこんどは聡志くんがしてあげて」

もう息があがっている美悠と聡志に対し、さすが元バスケ選手の詩は余裕たっぷりだ。

美悠の身体を自分のほうに引き寄せると、強引に聡志の腰の上に跨がらせる。

そこから美悠の泡ビキニのパンティをずらし、天を衝《つ》く怒張の上にお尻を下ろさせていった。

「あっ、ああああん、硬い、ああ、はあああん」

半ば無理矢理に騎乗位で男根を飲み込まされた美悠だが、しっかりと快感の声をあげて喘いでいる。

詩は彼女の背後に回って泡ビキニのブラをずらし、飛び出してきたFカップのバストをうしろから揉みだした。

「あああ、はあああん、両方なんて、あああん、あああああ」

一気に肉棒を奥まで飲み込んだ美悠は艶めかしい声をあげて泡に濡れた小柄な身体をくねらせている。

その白肌に背後から女の手が這い回り、乳房を揉み、おへそをくすぐっている。

「あああん、詩、ああ、だめ、あああん、あああ、おかしくなるからあ」

だらしなく唇を開き、ピンクの舌までのぞかせながら美悠はただよがり泣く。

いたずら好きの彼女の姿は消え、マゾの淫情を全開にしているようだ。

「すごい、ううう」

自分の腰の上で美少女顔の女が同性に責められよがっている。さらには肉棒を食い絞める媚肉もまた、グイグイと元から狭い膣道を収縮させる。

聡志も興奮に酔いしれ、いつしか下から腰を突きあげていた。

「あああっ、ひあっ、聡志くん、ああ、それだめっ、あああ、もう、あああ！」

聡志も動いて亀頭が濡れた膣奥を強く抉ると、美悠はカッと目を見開いて絶叫した。

エアマットに膝をついた濡れた白い脚も小刻みに震えている。

「うう、止まれません、ううううう」

媚肉の快感と女に責められて喘ぐ美悠の姿。目も肉棒も快感のるつぼに飲み込まれ、聡志は夢中で腰を使った。

「あああ、はああんイクッ、美悠、だめ、イッちゃう！」

小柄な身体が聡志の腰の上で大きく反り返る。その瞬間、彼女の腋の下から伸びている詩の手が両乳首をひねった。

「ひあっ、詩、だめ、あああああっ、ひううう、はううん」

甲高く淫らな悲鳴を浴室に響かせ、美悠はビクビクと全身を痙攣させた。

太腿や腰を、下腹や乳房に至るまでをすべて引き攣らせ、瞳を虚ろにしたまま絶頂に酔いしれている。

「ああ、あああんっ、もうだめ、ああ、はあんっ……！」

唇を開いて舌を出したまま、美悠は崩れ落ちていく。そんな彼女を、詩が支えながら浴室の床に横たえていった。

「ああ……すごかった……。はああん……女の子に責められちゃった……」

浴室の床に寝そべるのも気にならない様子の美悠は、呆然とした様子でまだ白い身体を引き攣らせている。

泡ビキニとボディソープの本物の泡に彩られた美悠は、同性にも責められながらイキ果てた自分にも酔いしれているように見えた。

「さあ、次は私だね、ふふふ」

マゾの性感にうっとりとして横に寝ている美悠の顔を見つめていると、詩が立ちあがって泡ビキニを勢いよく投げ捨てた。

「え、ちょっ、ちょっと待って」

まだ射精してないのでいきり立ったままの肉棒を見下ろして、詩は舌なめずりをしている。

少し怖くなって聡志は身体を起こそうとするが、全裸の詩は素早い動きで腰の上に跨がってきた。

「ふふ、美悠さんも夏帆さんもメロメロにしたんでしょ。私もボロボロになるくらい狂わせて欲しいな」

泡に濡れ光る長身の身体と大きなお尻で聡志の下腹を押さえつけ、詩は不敵に笑っている。

軽い調子でしゃべりウインクしているが、その目は獲物を狙うハンターのようだ。

「あんなの結果論ですって、くっ、ううう」

美悠をマゾに目覚めさせ、夏帆も彼女自身がわけがわからなくなったというくらいにまでよがり狂わせたが、勢いでそうなっただけで、聡志が狙ってしたわけではない。

そもそも詩が相手だと、こちらがボロボロにされると反論しようとするが、亀頭が熱い肉に包まれていった。

「あ、あああん、別に、ああ、聡志くんは動かなくていいから、あっ、大きい」

長い脚を折りたたみながら、詩は豊満なヒップを沈めてくる。きつめの媚肉の中にどんどん肉棒が飲み込まれていった。

「あうっ、詩さん、くうう、あああぁ」

膣肉まで鍛えられているわけではないだろうが、詩の中はとにかく肉棒を締めあげてくる。

先ほど美悠の媚肉をさんざん突いたあとなので、少しでも気を抜いたら一瞬で射精してしまいそうだ。

「いつでも出していいよ。すぐにまた大きくなるでしょ、聡志くんなら」

恐ろしい言葉を吐きながら、詩は自らお尻を上下させ、肉棒を味わい始める。

豊満なヒップが浮かんでは、勢いよく聡志の腰に落とされた。

「ああん、ああっ、はあああん、あっ、いい、ああ、深いっ、はうん」

瞳が大きな顔を淫らに歪めて、詩は肉棒を味わっている。濡れたHカップのバストが大きくバウンドし、泡が飛び散る。

引き締まった腰回りが上下に動き、陰毛の奥にある肉唇が怒張の出入りのたびに開閉を繰り返していた。

「くう、僕も、うう、すごいです、ううっ」

軟体動物の中に自分の肉棒が飲み込まれていく。それを感じながら聡志はエアマットに寝そべった身体をくねらせた。

媚肉はすでにドロドロに蕩けていて、亀頭が肉ヒダに擦れるたびに頭の先まで快感が突き抜けていくのだ。

「あ、あああん、硬くてすごいよう、あああ、あああん!」

「はうっ、くうう、詩さん、うう、激しい」

どんどん恍惚と怒張に酔いしれていく詩の下で、聡志は快感に顔を歪ませる。

二人の声が浴室に響くのを、隣でまだ寝ている美悠が虚ろな瞳で聞いていた。

「ふふ、聡志くんの感じてる顔、可愛い。あああ、あああん、もっと激しくするね」

詩はなんとも淫靡な笑みを浮かべると、さらに激しく長身のボディを上下に動かす。

濡れ光る白い乳房を豪快に揺らし、目を輝かせながら肉棒を堪能《たんのう》していた。

（まさに性のケダモノ……）

夏帆が冗談であの子の性欲はケダモノレベルと言っていたが、聡志の巨根の上で歓喜する姿は本当に動物じみている。

発情してどこまでも精を絞り尽くす。そんな淫蕩《いんとう》さを詩に感じるのだ。

「詩さん、くうう、僕も」

そんな彼女の淫らな感情に煽られ、聡志も下から腰を使いだした。

詩の動きのリズムに合わせ、彼女の身体が浮かべば腰を引き、沈んできたら怒張を突きあげた。

「は、はううん、それすごい、ああっ、気持ちいい、ああ、聡志くんのおチ×チン、ああん、いいよう、ああ、あああ」

詩も見事に反応し、目を泳がせながら身体全体で突きあげを受けとめている。

さらに自らその巨乳を揉みしだき、大きく割れた唇から舌まで出していた。

「すごくエロいです、詩さんっ、くうう」

どこまでも快感を貪る牝となった詩を、聡志も懸命に突きあげた。彼女の身体が浮かんだときに肉棒が亀頭の寸前まで外に出てくる。

その際に肉ビラと媚肉が外側に掻き出されて、陰毛の奥に濡れたピンクの姿を見せるのが、この世の光景とは思えない淫らさだった。

「あああん、たまらないわっ、あああ、私、あああ、もう力が入らない、ああ」

快感が強過ぎたのか、詩は自分で身体を上下させることが出来なくなり、脱力して聡志の股間に尻もちをついた。

「ひううっ、奥うう」

亀頭が詩の最奥にぐりっと食い込む。よほどの衝撃を受けたのか、詩は一気に顔を崩壊させ、背中を大きくのけぞらせた。

「詩さん、おおお」

うしろに倒れそうになる彼女の腕を摑んで支え、聡志は怒張を下から突きあげた。

エアマットの反動も使い、腰の上のグラマラスな身体をこれでもかとピストンしていった。

「ひいいいん、はあああん、詩、ああ、このおチ×チンに全部持っていかれてる、ああ、はああああ！」

聡志に両腕を引っ張られた詩は濡れた身体をなんども弓なりにしながら、ただ酔いしれている。

言葉のとおりに肉棒にすべて委ね、瞳を泳がせながら絶叫を響かせる。

「あああぁ、あああ、もうイク、イッちゃう、ああっ、すごいの来るううっ！」

天井に顔を向け、巨乳を左右別々に踊らせながら、詩は限界を叫んだ。

どれだけ身体から力が抜けても快感を貪る欲望は消えないのか、股間を前に出して怒張をさらに奥に飲み込んできた。

「くうう、詩さん、これ、あああ、僕ももう」

絶頂の際に詩の媚肉は強く食い絞める動きをする。さらに豊満なヒップが聡志の股間に押しつけられ膣奥に亀頭が食い込んだ。

聡志ももう歯を食いしばり、詩の両腕を強く握りながら怒張を突きあげた。

「ひうううう、イクうううううう!!」

詩も頂上を極め、雄叫びとともに騎乗位で跨がる長身のボディをのけ反らせた。

濡れた巨乳や桃尻、そして全身の肌がビクビクと痙攣している。

「僕もイクッ！」

間髪入れずに聡志も絶頂を極めた。グイグイと締めあげてくる媚肉に屈し、熱い精液を膣奥に向かって放つ。

「あああ、来てる、ああぁん、出してぇ、ああ、詩の子宮に、あぁん、あぁっ！」

断続的に、ビクンビクンと筋肉のついた肉体が聡志の腰の上で引き攣っている。

最奥に精液が発射されるたびに詩はうっとりとした顔を見せ、舌なめずりまでしながら酔いしれていた。

「ああ、ああっ、ああん、ああ、はああんっ……、ああ、すごかったぁ……」

そしてようやく二人の絶頂が収まると、詩が聡志に覆いかぶさってきた。

満足げに微笑みながら聡志の頬や唇になんどもキスをしてくる。

「詩さん」

幸せそうな彼女の顔が嬉しくなり、聡志も軽くキスを返した。

「ねえ私もまたムラムラしてきちゃった。おかわりもらおうかな」

余韻に酔いしれている二人の横でいつの間にか身体を起こしていた美悠が、唇に指をあてながら言った。

「も、もう無理です、ひいいいい」

「きゃっ」

このままでは心臓が止まるまで精子を搾り取られる。聡志は悪いと思いながらも身体の上の詩をどけて、浴室から逃走した。

第六章　淫らキャミソールの女上司

ワイヤーを巻き取れるダイヤルは元の会社に行けばたくさんあるので、色違いも含めて十種類以上を持ってきた。

それを使って美悠と詩が試作品を作製し、まずは試着となった。

「おおっ、ばっちり」

こんどは美悠が試作品の赤のキャミソールを着ている。最初は普通の裾がひらりとしたタイプのキャミソールだったが、腰のところにフリルで隠された二つのダイヤルを巻き取ると一気にミニになった。

「次は胸」

美悠自ら腋の下にあるダイヤルを回す。すると胸を覆っているカップが下がっていき、乳房が大きく露出した。

「どう、聡志くん、セクシー？」

オフィスにある仮設型の更衣室から出て来て、美悠がくるりと回った。

乳首の寸前まで白い乳房が露出している巨乳がプルンと弾み、裾が少しまくれてお尻が四分の一ほどのぞいた。

「は、はい、エロいです、はい」

思わず聡志はそんな言葉を口にしてしまった。なんども美悠の全裸は見ているし奥の奥までのぞいているが、また違ったいやらしさがある。

男の欲望をくすぐるというか、本能的にしゃがんで裾の奥をのぞいて見たくなった。

「どれ、反応を、お、もう勃ってきてる」

「うわっ」

シンプルな服装の詩が、聡志の足元にしゃがんでズボンの上から股間を摑んできた。

情けないが聡志の愚息は、オフィスでもしっかりと反応して勃起を始めていた。

「あらー、いまからそこでしちゃう」

美悠は脱衣所を指差してニヤリと笑った。彼女が言うと冗談に聞こえないから怖い。

「な、なにを言ってるんですか、仕事をする場所で」

こんな話が出るとまず気になるのは夕紀だ。聡志は慌ててうしろに立っている彼女のほうを振り返った。

（うわっ、またあの顔だ）

今日も真面目なスーツ姿の夕紀は、照れているでもなく怒っているでもない微妙な表情をしている。

前も美悠たちが聡志と肉体関係があるという話をした際にこの顔になった。

ただそのあとはいつもの夕紀に戻るし、聡志とも普通に接してくれる。彼女がなにを思っているのかまったく読めなかった。

「あとは夕紀さんがプレゼンがんばるだけですね」

こちらはあくまで明るい、キャミソールの裾から白い太腿のほとんどを露出させている美悠が夕紀にそう言った。

明後日の午後から社内プレゼンがあり、そこで上役の人たちの承認を得れば新商品として発売される。

普通のアパレルを扱うKの人々に、こういう商品を説明するのもたいへんだろう。それも相手はおじさんばかりだ。

「う、うん、がんばるよ」

美悠の言葉に夕紀が顔を赤くして、ボソボソとつぶやいた。やはり、居並ぶ中年男性たちの前でセクシー下着のプレゼンをするのは、そうとうに恥ずかしいようだ。

(照れている夕紀さんて……なんかエッチに見えるな)

先ほどの読めない顔とは違い、白肌の頬をピンクに染めた夕紀はなんとも艶めかしく見える。

いけないと思いながらも聡志はどこかムラムラとしてしまうのだ。

「夕紀さんがこれを着てプレゼンしたら、いいんじゃないですか?」

顔を赤くしている夕紀に向かって、詩がまた普通の口調でそう言った。

「なっ」

切れ長の瞳を見開き、夕紀はもう顔を真っ赤にして言葉にならない声をあげた。

詩や美悠ならともかく堅物の夕紀にそんなまねが出来るはずがない。

(夕紀さんが……おっさんたちの前でこのキャミソールを……)

羞恥《しゅうち》の極致のような状況で全身を赤く染めてプレゼンをする、セクシーキャミソールの夕紀。

それを妄想してしまった聡志は、なぜかムラムラと肉棒を昂ぶらせてしまうのだった。

『へえー、そんなの売り物になるのかねえ』

イノベーション開発課の部屋に置かれた小型のスピーカーからクリアな音声が聞こえてきた。

「ほんといやなやつ、まだ根に持ってるんだ」

そのスピーカーが置かれた美悠の席の周りに聡志や詩も集まっている。声の主は、かつて夕紀に淫らな接待をさせて契約をとろうとして、昇進がおじゃんになった営業部長だ。

前社長の親戚筋にあたるのでクビや降格は免《まぬが》れたらしいが、夕紀とイノベーション開発課に対していまだに嫌みな態度をとるらしかった。

夕紀のプレゼンは終了し、いよいよこれから役員たちの判断が下されようとしている。こちらを逆恨みしている営業部長の意見は大きいから、イノベーション開発課にとっては厳しい場面だ。

が、それはそれとして、会議の様子を自分たちが聞いてしまっていることに、聡志は後ろめたさを感じていた。

「これ盗聴でしょ、いいんですかね？」

「だって気になるじゃん」

どこで用意したのか美悠は、無線付きの集音器を夏帆に隠し持ってもらって、会議の内容を盗聴しているのだった。本来ならとんでもない行為だ。

「私たちだって聞く権利くらいあるでしょ。制作者だし同じ会社の社員なんだから」

美悠は持論を言って開き直っている。それもどうかと思うが、聡志も会議の声から耳が離せないのだから同じ穴のムジナとも言えた。

『コストもかかりそうだしなあ』

そんなやりとりをしているうちにまた営業部長の声が聞こえてきた。独特のしゃがれ声だから、他の上役たちとはっきり区別がついた。

たしかに部品代もかかるし製作の工程も多くなる。ただこの営業部長の言葉にはあきらかに嫌みの感情が含まれているように聞こえた。

「ちっ」

美悠が露骨に舌打ちをした。美悠たちも夕紀と営業部長とのトラブルは知っているだろうから、いい感情は持っていないのだろう。

夏帆も話していたが営業部長は典型的な強い者に媚び弱い者にきついタイプで、とにかく器が小さくて執念深いらしかった。

『他の皆様はどう思われますか？』

スピーカーから夏帆の声が聞こえてきた。彼女は社内プレゼンの進行役として参加しているので夕紀の手助けは出来ないと言っていた。

『あー、じゃあ私』

別の中年男性の声が聞こえた。

「副社長の声だよね」

それに反応して詩がぼそりとつぶやいた。なにを言われるのか、聡志は心臓が高鳴ってきた。

『まあコストとかあるだろうけど、イノベーション開発課は新しい売れ筋を見つけるための部署なんだからさ、こういうチャレンジ精神のある商品はいいんじゃない』

なにか突っ込みを入れられるかと思ったが、副社長はこちらの味方のようだ。

さらに付け加えて、無難な商品ばかり作られてもイノベーション開発課の存在価値がないしね、と言って笑った。

『そうですね、まあ私どもは、こんな下着をプレゼントする相手もいませんけどな、まさか女房にやるわけにいかないし』

他の重役だろうか、笑い声とともにそんな言葉が聞こえてきた。

『では決をとります、副社長と常務は賛成なようですが、反対のかたはいらっしゃいますでしょうか？』

このタイミングで夏帆が皆に、あえて副社長と常務は賛成と先に言い、反対の人間は申し出てくれと言っている。

この言いかただと、反対と言えば副社長に反論することとなり、それなりの意見を言わなくてはならない。

味方は出来ないと言いながらも、夏帆はちゃんと考えてくれているようだ。

「なんか夏帆さんと副社長って、昔なにかあったらしいのよねえ」

ニヤリと笑って美悠が言った。昔とはなんだろうか、もし男女の関係でいまも続いていたら聡志は副社長の女に手を出したことになる。

聡志の背中を冷や汗が流れていった。

『では反対意見はないようですので、この下着を承認とします。細田課長は商品化への準備を進めてください』

『はい、ありがとうございます』

最後に夕紀の張りのある声が聞こえてきた。

しばらくすると夕紀がイノベーション開発課に戻ってきた。美悠が慌ててスピーカーを隠し、皆で不安げな顔を作って出迎えた。

「いえーい」

商品化が決まったという夕紀の報告を聞いて全員でハイタッチする。夕紀の満面の笑みを見ただけで聡志は幸せな気持ちになった。

「でもよかったですね、夕紀さん。自分で試着した姿を見せてプレゼンせずにすんで」

ひとしきり喜んだあと、詩がいつもの淡々とした感じで夕紀に言った。

「ええっ」

自分で試着とはどういうことだろうか、聡志は思わず声をあげてしまった。

慌てて夕紀の顔を見ると、彼女は真っ赤になって下を向いていた。

「ど、どうして」

切れ長の瞳を涙目にして夕紀が詩を見た。

「朝から紺色の試作品がなかったんですよね。夕紀さんが中に着ていっていざとなったらあそこで脱いでプレゼンするつもりだったんだろうなと思って」

プレゼンに試作品は当然ながら持っていっている。今回は太腿やお尻も関係ある商品なので腕や脚もついたマネキンに、赤色のキャミソールを着せて持っていった。

聡志も会議室の前まで運ぶのを手伝ったので赤に間違いない。それで上役たちの反応が悪かったら夕紀自身がモデルになるつもりだったというのか。

(夕紀さんがおっさんたちの前でダイヤルを回すのか……)

居並ぶ重役たちの前で夕紀が恥じらいながらダイヤルを回して、乳首やお尻が出る寸前まで胸元や裾を調節する。

当然ながら白い上乳や美脚は丸出しだ。いまのように顔を赤くしてそれを行う夕紀の姿を想像すると聡志は、嫉妬や淫情が混ざり合った不思議な気持ちになった。

「うっ、なにを」

そんな聡志の股間を美悠がいきなり摑んできた。

「正直ねえ、もうギンギン。夕紀さんがキャミ一枚の姿を妄想して欲情しちゃったのかな? うふふ」

艶のある声で言いながら、美悠が楽しげに聡志の股間を揉んできた。

彼女に言われるまでもなく、ズボンの奥の愚息は一瞬でガチガチだった。

「バカ、エッチ」

夕紀は聡志に濡れた瞳を向けると、さらに顔を赤くして部屋を飛び出して行った。

「夕紀さん」

その表情がなんとも色っぽく、魅入られたように聡志はその場に固まったまま夕紀の背中を見送った。

終業後、ひとり駅のベンチに座って聡志はぼんやりとしていた。

（夕紀さんって……ときどき読み取れない顔するよな……）

もともと営業マンなので、相手の顔や態度から感情を感じ取ろうとするのが癖のようになっている。

海千山千の熟女の夏帆と違い、夕紀はけっこう感情がわかりやすいタイプなのだが、ときどきわけのわからない顔を見せるときがあった。

（俺……嫌われてないよね……）

仕事仲間として嫌われてはいないだろうが、他の女たちと関係を持ちまくっている自分は男としてどうだろうか。

（まあ普通の女性たちなら嫌悪されるわ、そりゃ）

聡志はいま改札を入ったところの通路に設置されているベンチに座っている。

ここからそれぞれの帰る方向のホームに分かれて歩いていくので、人間がいちばん集中している。

行き交う人々の中には、聡志の母親世代の中年女性から、ＯＬ風、女子高生とさまざまだが、きっとのこの人々のほとんどは、女にだらしない男を軽蔑すると思うのだ。

「ふうー」

そんなことを考えているとため息しか出ない。だからといって気分が重いままに帰宅する気持ちにもならず聡志はただ行き交う人の波を見つめていた。

「聡志くん、どうしたのこんなところで」

携帯にメールが来たのでそれを確認していると、突然、前に人影が立った。

「あ、お疲れ様です」

ベンチに座ったまま顔をあげると、スーツ姿の夕紀が立っていた。どうやらスマホを見ているあいだに改札をくぐってきたようだ。

Kの社員はほとんどがこの駅を利用していて、彼女もそのひとりだ。

「大丈夫？　体調悪いんじゃ……」

聡志がよほど調子が悪そうな顔をしていたのか、夕紀は心配そうにしている。

「いえ、平気です。なんかまっすぐに帰る気持ちになれなくて」

まさかあなたに嫌われているのではないかと考えていました、などと言えるはずもなく、聡志はスマホを握ったまま慌てて立ちあがった。

「そう……あの……帰りたくないのなら……」

人々が行き交う駅の構内で二人は至近距離で向かい合う形になった。夕紀の息づかいが聞こえてきそうで聡志も心臓が速くなり、なにも言葉が出ない。

無言の時間が数秒、夕紀が意を決したように聡志のスーツのジャケットを握って顔をあげた。

「よかったら、これから私に付き合って……」

震える声の夕紀は少し濡れた瞳で聡志をじっと見あげている。頬はほんのりとピンクに上気していて、なんとも色っぽい。

ただ今回もその表情から彼女の考えていることはわからなかった。


いつも聡志が通勤している向きとは反対方向の電車に乗り、連れてこられたのは夕紀の自宅マンションだった。

仕事のときの雑談で夕紀がここの駅で一人暮らしをしているのは聞いていたが、まさか招き入れられるとは思わなかった。

「コーヒーでいい？」

「は、はい、おかまいなく」

よく整頓《せいとん》された１ＬＤＫのマンション。真面目な彼女らしく清潔感に溢れている。

そこのリビングに敷かれた絨毯の上で聡志が正座をしていると、目の前の彼女が使っているであろう低めのガラステーブルにコーヒーが運ばれてきた。

「脚を崩して、聡志くん」

そう言いながら、スーツ姿の夕紀もテーブルの前に座った。小さなテーブルだが聡志は正面に、彼女は横側に座ったので少し距離は開いている。

(どうして僕をいきなり家に……)

美悠なら単純にセックスがしたいからというところだろうが、夕紀がなぜ男の自分をわざわざ自宅に連れてきたのかがわからない。

脚を崩して横座りをしている夕紀のスカートからはみ出た白い脚が眩しいが、気にしている余裕はもてなかった。

「あの、聡志くん、ありがとう。なんとか商品化出来そうよ」

また無言の時間が続いたあと夕紀がカップを置き、あらためて正座をして聡志に向けて頭を下げた。

「えっ、そんな僕なんてなにもしてないですよ」

正座の女上司に聡志は慌てて腰を浮かせた。実際に商品に出来たのは美悠や詩の力によるところが大きい、聡志は部品を提供したくらいだ。

「ううん、聡志くんがちらりと見えるのがいいって言ってくれたところから始まったのよ、あのキャミソールは」

そう言ってくれた言葉は嬉しいが、頭をあげても夕紀はなぜか顔を横に向けている。頬や耳も赤く、言葉もやけにボソボソとしていた。

「ねえ、聡志くん、あの、あの、聞きにくいんだけど……今日のプレゼンのあと、ほんとに大きくしてたの？」

こちらは一切見ないまま、夕紀は消え入りそうな声で聞いてきた。プレゼンのあととは彼女がイノベーション開発課の部屋に戻ってきた際だろうか。

夕紀があのキャミソールをスーツの下に着ているのを知り、聡志は妄想を爆発させてしまった。

「す、すいません、夕紀さんが……あのキャミソールを着て社長たちの前で説明している姿を想像して勃起していました、すいません」

こんどは聡志が土下座をした頭を絨毯の床に擦りつけた。実際に美悠に股間を握られて確認されたのだからごまかしようもない。

だからもう正直に告白して謝るしかないと思った。

「え、あれを着てる私が見たかっただけじゃなくて……ええっ、そんなことまで想像してたの？」

両手で口を塞ぎ夕紀は目を見開いて驚いている。

聡志はしまったと思った。露出的なキャミソールを着たままプレゼンまでは余計だった。ただ着ている夕紀さんを想像してしまったでよかったのだ。

(ひいいい、もう逃げたい)

ただでさえスケベな男と思われているというのに、これでとどめを刺したようなものだ。

穴があったら入りたい、ついで埋めて欲しい。そんな心境だった。

「もうっ、聡志くんって、エッチなのね。男の人はみんなそうなのかしら」

てっきり怒鳴られて叩き出されるかとも思ったが、夕紀は意外にもそんな言葉を口にした。

「ねえ、聡志くん、私、まだ着たままなんだよ」

「えっ」

そしてさらに驚く言葉を夕紀は発し、聡志は慌てて顔をあげた。彼女はまだ顔を背けたままだが、もう首まで真っ赤だ。

「見たい？」

まだ両手は絨毯についたまま上半身を起こして、口をぽかんと開けている聡志に小さな声が聞こえて来た。

「み、見たいです……はい……」

もう反射的に聡志は、頭をなんども縦に勢いよく振りたてていた。

「そう、じゃあ」

最後にそれだけ言って、夕紀はゆっくりとスーツ姿の身体を立ちあがらせる。

そしてジャケットを脱ぎ、スカートを足元に落とした。

「夕紀さん」

スカートの下からは紺色のキャミソールの裾部分が現れた。白い太腿の真ん中辺りまで隠れているからまだ丈はいちばん長い状態だろう。

そのまま静かにブラウスのボタンを外していく夕紀を、聡志はただ口を開けて見つめていた。

「恥ずかしい……」

ブラウスを腕から抜き取った夕紀はまた赤らんだ顔を横に伏せた。

聡志も見たことがある試作品の紺のキャミソール。胸の部分の高さも未調整で乳房の七割程度が隠れている。

ただスタイルがよすぎるほどの夕紀の白い身体は、その状態でも充分にセクシーで、聡志はいつしか呼吸を弾ませていた。

「ねえ、聡志くん、あなたがダイヤルを、調整して」

「ええ、い、いいんですか」

このキャミソールの構造を知っているゆえ、ダイヤルを回したい欲望に聡志はかきたてられていた。

そこに夕紀の申し出だ。聡志はフラフラと立ちあがって彼女の前にいくと、震える指を夕紀の腰の辺りにあるフリルに隠されたダイヤルに伸ばしていく。

カリカリとダイヤルが回る音がして、キャミソールの裾が持ちあがっていった。

「えっ。いや、こんなに」

裾があがっていき太腿のほとんどが露出すると、夕紀は恥ずかしそうに腰をくねらせている。

真っ白な太腿はたまらないくらいに艶やかで、夕紀が恥じらっているのがわかっていても聡志は目が離せなかった。

「こっちもいいんですか？」

「う、うん」

こんどは聡志のほうから夕紀に尋ねて、胸のところにある下と同じようにフリルの隠されたダイヤルを回していった。

「あ、だめっ、出ちゃうから、そんなに回したら」

また歯車の音がして胸のところのブラにあたる部分が下がっていく。ここの構造は美悠と詩がかなり苦労して開発したもので、特許をとろうかと言っていたくらいだ。

それだけあって、両乳房を覆っているレースのカップが夕紀の巨乳をなぞるように下に降りていった。

「うっ、すごい」

白い乳房の上半分、ほとんどがカップの上にはみ出ている。まさに乳頭の直前であり、聡志は心の声が漏れてしまう。

そして聡志は本能的に踵を浮かせ、乳房の上のほうからのぞこうとした。

(すごいボリューム)

なんとか乳首が隠れているだけの白いHカップの肉房が二つ、くっきりと谷間を作っている。

乳頭部が見えそうで見えないのがまた男の欲望を煽っていた。

「あ、いやっ、聡志くん、のぞいちゃだめ」

乳首が飛び出る寸前の豊乳を真上から見ようとしている目線に夕紀は気がついて、慌てて両手で胸を覆いながら身体をひねった。

聡志に背中を向ける形になった夕紀は、羞恥にピンクに染まる背中を丸めている。するともともと丈がギリギリだったキャミソールがぺろりとずりあがり、染みひとつない、こちらもなかなかに豊満なお尻が飛び出した。

「きゃああ、いやあああ」

自分の動きのせいだが、夕紀は慌てて背中を伸ばして裾を引っ張った。だがもう時すでに遅し、聡志の目に丸く形のいいヒップが焼きついている。

「え、夕紀さん、下は、ええっ」

むっちりとした巨尻と少し細身の太腿。それに見とれながらも聡志はあることに気がついた。

キャミソールの中にあるべきパンティが影も形もなかったのだ。

「だっ、だって……詩ちゃんがノーパンで着ないと意味ないって言ってたから」

裾を手で引きながら夕紀は涙目になっている切れ長の瞳を向けて言った。

「ええ、じゃあ……ええっと、プレゼンのときからずっとですか」

昼間、居並ぶ重役たちの前でこのキャミソールの説明をしていたときも、夕紀は下着は着けていなかったというのか。

たしかブラウスにスカート姿でプレゼンに向かっていったはずだ。ということは夕紀は股間が無防備なままプレゼンをしていたのだ。

「うっ、くっ」

夕紀はどんな恥ずかしい気持ちでプレゼンをしていたのだろうか。それを想像すると聡志はもうたまらず愚息を勃起させた。

勃ちあがる勢いが強過ぎてズボンとパンツの中で肉棒が詰まった状態となり、思わず前屈みになってしまった。

「聡志くん……」

腰を引いた聡志を夕紀は呆然と見つめている。もちろん勃起させていることに気がついているのだろう。

「私がノーパンだったことに、そんなに興奮してるの？」

胸と口元を手で隠したまま、夕紀は小さな声で聞いてきた。

「夕紀さんがこのキャミソールを着てプレゼンしたかもしれないと考えたら、つい、す、すみません」

もう隠しても無理だと聡志は正直に言った。こんなポーズでどうごまかしても仕方ないからだ。

「見たかったの？」

「は、はい、想像しただけですごく興奮します」

赤らんだ顔を斜め下に向けたままつぶやいた夕紀の前に、もう聡志は膝をつきながら答えた。

肉棒に血が集まり過ぎているのか、頭までぼんやりとしてきて脚から力が抜けていった。

「そうよ。もしうまく伝わらなかったら、この格好でプレゼンするつもりだったわ」

そんな聡志に潤んだ瞳を向けた女上司は、開き直ったように乳房の上半分が露出した胸を張り一歩前に出て来た。

裾が股間すれすれになっている下半身がひざまずいた聡志の目の前にきた。

「ああ……夕紀さん、おじさんたちにこの姿を見られちゃうんですよ」

「そんな、ああ……でも、みんながんばってたから、私だけなにもしないわけにはいかないもの。でも、ああ、考えただけで恥ずかしい」

夕紀はさらに顔を赤くしてキャミソールの腰をよじらせている。ダイヤルを回して乳房やお尻を晒すことになった夕紀は、こんな表情をするのだろうか。

「ああ、夕紀さん、僕もう」

聡志は目の前にある白い太腿に吸い寄せられるようにキスをした。チュッチュッとなんども唇を押しつけ夕紀の白肌を感じ取る。

「あっ、やっ、聡志くん、あ、だめ」

紺色のキャミソール姿で立つ身体をくねらせ、夕紀は驚きの声をあげた。

ただ強く抵抗したり逃げたりする様子はない。聡志はそんな彼女の艶やかな太腿にこんどは舌を這わせながら顔を上にあげていった。

「きゃっ、聡志くん、あっ、いまはいやっ、あっ」

聡志の顔がキャミソールの裾に迫ると、夕紀はそんな言葉を口にした。

いまはとはどういう意味だろうか。気にはなるが聡志はもう止まれない。夕紀の豊満なヒップを両手で抱えながら顔を裾の中に入れた。

（これは……）

紺色の布の中に顔を入れた瞬間、むせかえるような女の香りが鼻を突いた。

さらに奥にある、聡志がなんども妄想した夕紀の女の部分には大量の愛液が溢れかえっていた。

もう本能的に聡志は、小さめの肉ビラが開いているそこに唇を押しつけた。

「ひあっ、聡志くん、ああ、なにをしてるの、あ、ああ、だめえ、あああん」

大量の愛液にヌラヌラとぬめっている媚肉を激しく舌で舐め回し、クリトリスも転がしていく。

夕紀は過剰なくらいの反応を見せていて、両脚を内股気味によじらせていた。

「どうしてこんなに濡れているんですか、んん、恥ずかしいって言ってたのに」

夕紀がいまはだめだと言った意味がわかった。恥じらいの中で彼女の肉体は熱く昂ぶっていたのだ。

真面目で堅物な女上司にそんな性癖があったのかと驚きながら、聡志はさらに舌で肉の突起を舐め回した。

「ひいん、ああ、だって、ああ、ああ、聡志くんが、ああ、恥ずかしい言葉を言うからあ、あああん、もうだめ……立っていられない」

もう言葉も途切れ途切れになり、夕紀は膝を折っていく。キャミソールの裾から聡志の頭が抜け、彼女はそのままリビングの絨毯に尻もちをついて座った。

「こんな格好を人に見られて、興奮するのですね、夕紀さんは」

絨毯にお尻を置いた夕紀のしなやかな両脚は開いた状態になっている。その奥に聡志は手を差し入れて問いかけた。

二本の指を束ねて夕紀の濡れた膣口に押しあて、濡れた媚肉を掻き回す。

「あっ、あああん、ごめんなさい、あああん、私、ああ、君に見られて、ああん」

ついに羞恥の性感を認めた夕紀は大きく背中をのけぞらせ、そのまま絨毯にキャミソールの身体を横たえた。

裾が大きくずりあがり、意外にしっかり生い茂っている黒毛の股間が露わになった。

「夕紀さんは僕を男としては軽蔑してると思っていました」

美悠や詩、さらには夏帆までと肉体関係を持った聡志を、真面目な夕紀が認めるはずがないとずっと思っていた。

「だって聡志くん、ああん、いつも二人の身体ばかり見て、ああん、私のことは、ああ、女として見てくれないもん、ずっと見て欲しかったのに」

女の大事な場所が剥き出しとなり夕紀はもう両手で顔を覆ってしまう。そしてその言葉には嫉妬がこもっている。

美悠たちが聡志との身体の関係を示唆《しさ》した際に見せた、夕紀の無表情な顔は嫉妬の気持ちを押し殺していたのかもしれない。

「とことんまで今日は見ますよ、夕紀さんの全部を」

ただ、いまは夕紀のＯＫの確認などをしている状況ではない。聡志は彼女のさらに奥に二本指を押し入れながら腕を大きく動かした。

「あ、あああん、はあああん、そんな恥ずかしい、ああ、あああああん」

その叫びとは裏腹に、クチュクチュと愛液を掻き回す粘着音があがる。その音も夕紀の羞恥の性癖を刺激しているのか、媚肉が強く収縮を始めた。

「こっちも出してあげますね」

禁断の快感に飲み込まれていく夕紀は、妖しいくらいに色っぽい。聡志は胸の下のダイヤルを回転させてカップをさらに下げた。

「ああ、おっぱいまで、はあああん、あああ」

見事なほどの丸みを保った乳房が、カップが下がりきるのと同時に飛び出してきた。白い柔肉がプルンと弾《はじ》け、小粒な乳頭部が露わになる。

(すごい、大きいのに丸い……)

仰向けに寝ている状態でもほとんど腋のほうに流れずに、小山のように盛りあがっているHカップのバストに聡志はもう釘付けだ。

大きなどんぶり鉢を逆さまにしたような白い肉房が、彼女が呼吸するたびにフルフルと波打ち、ピンクの乳頭部とともに揺れている。

彫刻作品のような美巨乳にさらに興奮を深め、聡志は夕紀の媚肉を責める二本指を大きく動かした。

「ああっ、ひううん、だめえ、あああん、あああ、そんな風に、ああ」

夕紀は耐えきれないという風に、紺のキャミソールがお腹の周りだけを覆っている細身の身体をよじらせ、顔から両手を離した。

仰向けで天井を向いた彼女の表情は完全に蕩けていて、頬や額も真っ赤だ。

「あ、いやああ、あああん、こんな顔見ちゃ、いや、ああ、ああ」

快感に喘ぐままに半開きの唇を震わせる夕紀は、なんども頭を横に振った。

淫情に燃えた姿を聡志に見つめられているのに気がついたのだろう。ただもう両手で顔を隠したりはしていない。

「見ますよ、夕紀さんのエッチな顔、ほらもっとしてください」

マゾ的な、羞恥心を煽られることに夕紀は性の炎を強く燃やすのだ。それに確信を持った聡志はそんな言葉をかけながら彼女の膣内を掻き回す。

同時にズボンのベルトを外して脱いでいった。

「ああん、そんな、あああ、見ちゃだめえ、ああん、あっ、ひっ、聡志くん」

強く恥じらいながらも、さらに濡れた媚肉をヒクつかせている夕紀が、大きく目を見開いた。

開かれている自分の両脚のあいだにある聡志の下半身が裸となり、巨大な肉棒が登場していたからだ。

「い、いやですか？　夕紀さん」

欲望のままに女上司を責めていた聡志だったが、夕紀の驚く顔を見て少し怯えた気持ちが出てしまった。

普通の女性なら、聡志の巨根を見たら恐怖するのは当たり前だからだ。

「ああ、いやじゃない、ああん、やめないで、聡志くん」

夕紀はすぐに意を決したように切れ長の瞳を見開くと、首を持ちあげて聡志のほうを見た。

「聡志くんので、夕紀を狂わせて、ああっ」

潤んだ美しい瞳を向けたまま、夕紀は力の限りに叫んだ。その勢いに押されて聡志は強く指を動かした。

快感が走ったのか夕紀は唇を割り開いて、また頭を絨毯に落とした。

「見ますよ、夕紀さんのいやらしい顔、見ながらチ×チンで突きまくります」

はっきりとそう宣言して聡志は指を彼女の中から抜き取る。なごり惜しさを見せて愛液を吐き出す膣口に、かわって怒張を押し込んだ。

「あっ、これ、あああ、こんなに、はああああん」

濡れた媚肉を大きく拡張しながらガチガチに硬化した怒張が進んでいく。

夕紀は驚いた顔を見せながらも、はっきりとした艶のある喘ぎを響かせて腰にキャミソールがまとわりついただけの身体をくねらせている。

白い乳房もさらに上気し、彼女がしっかりと感じているのだと、聡志は確信した。

「いきますよ、ううっ」

そうなると聡志の欲望も暴走する。愛液にドロドロに蕩けている媚肉は肉ヒダが多めな感じで、入れた瞬間から亀頭に絡みついてくる。

快感に痺れる腰をもう夢中で前に突き出した。

「ひいいん、奥、あああん、すごいいい、あああああん」

一気に亀頭が膣奥に達し、同時に夕紀がのけぞった。巨乳がブルンと弾み、だらしなく開かれている白い脚が引き攣った。

切れ長の瞳ももう宙をさまよい、唇は大きく開いて白い歯がのぞいていた。

「ううう、夕紀さん、うう」

そして快感にのたうっているのは聡志も同じだ。奥にいくほど夕紀の膣道は肉ヒダが増える。

濡れたヒダが亀頭をねっとりと擦り、あまりの快感に、絨毯についた聡志の脚はガクガクと震えだす有様だ。

「ああん、あああ、聡志くんので、ああん私の中、いっぱい、ああ」

こちらも一気に高まっている夕紀は、ひたすらに白い肩を震わせて喘ぎ続けている。

怒張のピストンのスピードをあげると、クチュクチュと粘液の音がシンプルな家具に囲まれたリビングに響き渡った。

「あああ、私、あああん、ああ、こんなに乱れて、ああん、情けない、ああん」

そして夕紀は羞恥の快感に狂い続けている。濡れた瞳をときおり聡志に向けながら、どんどん悦楽に沈んでいく。

「すごく気持ちよさそうですよ、夕紀さん」

そんな彼女に聡志も興奮を深め、フルフルと揺れるHカップのバストを両手で揉みしだく。

三十歳とは思えないくらいに張りの強い肌に指が弾かれそうだ。

「ああん、あああ、言わないでえ、あああ、聡志くんの意地悪、あああん」

また恥じらいに身悶えながら夕紀は喘ぎ続ける。乳首を指で擦ると背中が弓なりになった。

「夕紀さん、もっとあなたを狂わせたい」

肉ヒダの中に怒張が蕩けそうになるのをこらえながら、聡志は腰の動きを止めて仰向けで息を荒くしている女上司を見た。

「実は僕のチ×チンはまだ全部入っていないんです」

「えっ」

夕紀の腕を引いて、腰に紺色の布がまとわりついている身体を少し起こさせた。

熟女らしくみっしりと黒毛が生い茂った股間から、怒張がまだ数センチはみ出しているのを見て夕紀も目を見開いている。

聡志は亀頭が夕紀の膣奥にまで達したあとは、それ以上深くは突いていなかった。

「ああ……そんな……あああ」

聡志の肉棒を受け入れたまま夕紀は戸惑っている。ただその瞳は妖しく輝いているように見えた。

「ああ、そんなことになったら……私、聡志くんにすごく恥ずかしい姿を見せてしまうわ」

恥じらいながら夕紀は顔を横に背けてつぶやいた。さらに膣の奥を突かれたらおかしくなってしまうのが、自分でもわかっているのだ。

「見せてください。僕もきっと狂います。夕紀さんとしてると思うだけで……いまも腰を動かしたいのをずっと我慢してるんです」

「あっ、あああん、だめ」

そう言ったと同時に聡志は腰を小さく動かした。肉棒が媚肉の奥を突くと、腕を引かれて持ちあがった身体を夕紀はのけぞらせた。

「ああ、来て、あああん、夕紀を狂わせて、ああ、今日は大丈夫な日だから聡志くんも好きなときに……」

切れ長の瞳を妖しく輝かせて夕紀は聡志を見つめてきた。半開きの唇と少し汗が浮かんだ頬。たまらない色香があった。

「わかりました。奥でいきますよ」

そのまま彼女の身体を自分のほうに引き寄せながら、聡志は絨毯の上に尻もちをついた。

向かい合う形の夕紀の腰を支えながら、自分の膝の上に下ろしていく。

「ひ、これ、あああん、あああ」

対面座位の体位で、夕紀は膣奥からさらに奥に向かって怒張を受け入れていく。

亀頭が子宮口を押しあげながら、さらに深くを抉る感触があった。

「ひいいいいん、はあああああん」

夕紀の豊満なヒップが聡志の太腿と密着し、紺色の布が腰にある白い身体が大きく弓なりになった。

この体位だと結合部の密着度があがるので、よほどの快感が突き抜けたのか夕紀は目を泳がせて口をパクパクさせている。

「大丈夫ですか？　夕紀さん」

「ああ、はあああん、平気、あああ、来てぇえ、聡志くうん、ひああああ」

聡志の首に腕を回し夕紀は振り絞るように叫んだ。同時に背中をのけぞらせたため、腰が自然と前に突き出され肉棒がさらに膣奥の深くを抉った。

もう雄叫びのような絶叫を響かせ、夕紀は瞳を泳がせている。

「はいい、いきます」

興奮の極致にあるのは聡志も同じで力を振り絞り、濡れた肉ヒダにまみれる膣内に亀頭を打ち込んだ。

「あああ、はあああん、すごいい、あああ、あああああ」

唇を大きく開き、夕紀はただ貪っている。身体を起こしたことでさらに形のよさが強調されている巨乳を弾ませよがり狂う。

「あああ、夕紀さん、ううう、僕もすごくいいです」

肉ヒダが亀頭を擦るたびに、聡志も頭がおかしくなるかと思うくらいの快感が駆け抜けていく。

もうなにかを考えることも放棄し、ただひたすらに肉棒を膝の上の桃尻の奥に向かって突きあげた。

「あああ、あああ、私、もう、だめっ、あああん、イッちゃう！」

Hカップのバストをこれでもかと弾ませながら、夕紀は絶叫した。唇は大きく開き白い歯とピンクの舌がのぞく。

仕事のときは鋭さも感じる瞳を妖しく蕩けさせ、もう目線は完全に泳いでいる。

「おおお、夕紀さん、僕もっ、イキます、おおおっ」

先ほど夕紀から中出しをしても大丈夫だと言われているので、もうためらいなく聡志は対面座位で向かい合う女上司を突きあげた。

勢いが強過ぎて豊満な桃尻がなんども浮かんでは、聡志の太腿に落ちてくるのを繰り返した。

「ああああっ、すごいいいい、あああん、イク、イクうううううっ!!」

その激しい怒張のピストンに夕紀もすべてを崩壊させ、聡志の肩を掴んだまま上半身を弓なりにした。巨乳が千切れそうなくらいにバウンドし、しなやかな脚が聡志の腰を強く締めあげてきた。

「くうう、僕もイクっ、うううう」

肉ヒダが絡みつく媚肉が、さらに収縮して怒張を絞りあげる。溶け落ちた女肉の奥に向かって聡志は怒張を爆発させた。

「あああん、来てる、あああ、熱い、あああん、すごいい」

もう夕紀も一匹の獣となって、ビクビクと汗ばんだ身体を引き攣らせてイキ続ける。

普段は清楚で真面目な彼女が悦楽に顔まで崩している姿は、聡志の牡の欲望をさらに燃えあがらせた。

「ううう、イキ、ますっ……、うう、くうう！」

射精をしながら聡志はまだ腰を動かし、膝の上の彼女の細身の身体を突き続けていた。

身も心も昂ぶりきり、本能のまま濡れきった肉ヒダの中に精を放った。

「あああん、ああ、ひあっ、だめ、ああ、あああ」

亀頭が膣奥に打ち込まれるたびに、夕紀はこもった声をあげてよがり続ける。

夕紀もまた、ただ牝の本能のままに肉欲を貪り尽くしているように思えた。

第七章　紐ランジェリーの食い込む女体

商品化にゴーサインが出たダイヤル付きのキャミソールは、最初は通販サイトなどで少しずつといった売りあげだったが、しばらくして急に注目されることになった。

聡志たちも思ってもいなかった、芸能界、それも水着のグラビアの世界から引き合いがあったのだ。

『もう少し色のバージョンとか増やせませんか』

タレントの写真集などをプロデュースしている製作会社から、営業部にこんな連絡が来たらしい。

なんでもグラビアアイドルというのは、ヌードになるわけではなく、乳首や陰毛を晒すことはないらしい。

ただ完全に乳房やお尻を覆い隠していてはエロチシズムに欠ける。

乳首は見せないがギリギリは追求したい。そこでこのキャミソールに目をつけたと言うのだ。

撮影現場でカップの高さや裾の長さをかえられたら、それが簡単に行えるからだ。

「おめでとう」

その話を聞いた営業部の社員が一計を案じ、グラビアアイドルなどのＳＮＳで撮影風景をアップする際などに紹介してもらった。

そこから一般の男性たちが自分のパートナーにも、と購入しだし、あっという間にイノベーション開発課の最高売りあげを更新した。

「これであのバカ営業部長も黙るでしょ」

その数字がイノベーション開発課に届いた日、なぜか総務の夏帆が音頭をとってコーヒーで乾杯した。

夕紀との軋轢《あつれき》からこの課の商品に否定的だった営業部長も、認めざるを得ないような状態になっているらしかった。

「あんたも溜飲が下がったでしょ、夕紀」

なぜ夏帆が仕切っているのかはわからないが、みんなで立って輪になって乾杯をしたあと、笑顔で夕紀の肩を叩いた。

「は、はい……みんなのおかげです。私はとくになにも」

夕紀はコーヒーの缶で口元を隠しながら微笑んで、聡志のほうを上目遣いで見た。

はっきりと交際すると言葉を交わしたわけではないが、聡志と夕紀は休日はお互いの家を行き来して共に眠る生活をしていた。

プライベートの彼女は少し天然なところもあり、年上なのにたまらなく可愛らしい。

(でも感じ始めると……)

そして夜になり、互いに裸の身体を絡ませると夕紀は豹変して牝となる。

とくに羞恥の快感を煽るような言葉を浴びせると、さらに性の炎を燃やし肉ヒダの多い媚肉でグイグイと聡志の逸物を締めあげてくるのだ。

(思い出しただけで勃ちそう)

今日はカットソーにスカートの夕紀の大きく前に突き出した胸元を見ていると、踊るHカップの柔乳の姿が思い出されて、聡志は勃起しそうになった。

「せっかくだからお祝いしないとねー、予算は引っ張ってきてあげるから、どこでやろうか」

もう完全にここのリーダーのようになっている夏帆が皆を見回して言った。

聡志もはっとなり、勃起を隠すように股間の前に手を置いて背筋を伸ばした。

「じゃあ、私の家でやりませんか、ホームパーティ」

夏帆の言葉を聞いて美悠がそんな提案をした。そして聡志のほうを見てニヤリと笑った。

「ふ、普通のお店でしたらいいんじゃないですかね、ほら駅前には居酒屋とかもたくさんありますし」

美悠の笑顔を見ただけで、聡志は彼女がなにを考えているか察して慌てて言った。完全にろくでもないことを企《くわだ》てている顔だ。

「そうね、いいわねえ。美悠ちゃんちなら、酔っ払って暑くなったら服とか脱いじゃっても大丈夫だしね」

勘のいい夏帆も美悠の発言の意味を察したのだろう、淫靡に笑って聡志の股間のほうを見た。

「えっ、そんな脱ぐって」

夕紀はびっくりして目を丸くしている。これが普通の反応であり、他の三人がおかしいのだ。

「別にいいじゃないですか。夕紀さんも聡志くんに全部見られてるんでしょ」

その三人の中でもいちばん性に貪欲で解放的な詩が、頭のうしろで両手を組んで言った。

いつもように普通の感じで。

「ええっ!?」

聡志と夕紀、同時に口を大きく開いて声をあげた。

二人がそういう関係になったというのは、みんなには話していない。言ったらややこしいことになるのは目に見えているからだ。

「あはは、気がついていないと思ってたの。とっくにわかってたわよ」

「だって仕事のときも態度がかわってるんだもん。とくに夕紀さんは」

夏帆が豪快に笑い、美悠がクスクスと笑い声を押さえながら聡志と夕紀を見た。

「そんなあ」

夕紀が顔中を真っ赤にして下を向いた。バレていないと思っていたから恥ずかしくてたまらないのだろう。

「じゃあ大丈夫ね。幹事は美悠ちゃんでいいよね、日取りが決まったら教えてねー」

軽い調子で言った夏帆が、笑顔で聡志の肩を叩いて部屋から出ていこうとする。

「えっ、ちょっと待ってください」

このままだととんでもないパーティになると聡志は声をあげたが、夏帆は無視してそのまま出ていってしまった。

聡志のうしろでは夕紀が真っ赤な顔でうつむき、美悠と詩がニヤニヤと笑いながら目配せをしていた。

キャミソールヒット記念の打ちあげ当日。聡志は指定された時間どおりに美悠が一人暮らしする会社近くの一戸建てに向かった。

『カギは開いてるからそのまま入ってきてねー』

玄関のインターホンを押すと、美悠が出てそんな返事が返ってきた。ドアを開いて中に入るとすでに女たちの靴が並んでいる。

どうやら先に集合しているようだ。

（いやな予感しかしない）

そんな思いを抱きながら聡志は靴を脱いでリビングに入った。向かい合わせにソファーが置かれその真ん中にはテーブルがある。テーブルの上には料理が並んでいて湯気もあがっているが、人影はまったくなかった。

「はーい、聡志くん。君のために今日はみんな特別衣装だよ」

どこかにスピーカーが仕込まれているのか美悠の声が聞こえて、音楽が鳴り始めた。

「えっ、なに、なんだ」

けっこうノリのいいダンスミュージックがリビングに響き渡る。聡志はなにが起こるのかと驚いて周りを見回した。

そうしているといきなり、さっき聡志が入ってきたリビングのドアが開いた。

「ふふ、いらっしゃい」

一番手はこの家の主《あるじ》、美悠だ。黒のミニワンピース姿だ。彼女の小柄な身体に黒い布がフィットしていて、Fカップのバストや豊満な腰回りがはっきりとしている。

丈は太腿の半分ほどで、腕のところも短い袖があり、脚が黒の網タイツでセクシーだが、彼女のコスプレの衣装よりは大人しめに見えた。

「普通の服だと思うでしょ、うふふ」

音楽に合わせて少し腰を揺らしながら、美悠はワンピースの胸の谷間のところにあるファスナーを下ろし始めた。

「うっ、うおっ」

ファスナーは黒いワンピースの裾まで繋がっていて、それをすべて下げたあと、美悠は大胆に前を開いた。

左右に割れた黒い布の下から現れたのは、黒い網に覆われた美悠のヌードだった。

脚を覆っている網タイツが肩まで繋がっていて、黒の糸が美悠の巨乳に食い込んで白い乳肉や色素の薄い乳頭がはみ出していた。

（すげえ）

色白で美少女顔の美悠の肉体に黒い糸が食い込んでいる。股間ももちろん網の目のあいだから陰毛がはみ出していた。

トランジスタグラマーな身体を黒い網がよりひきたて、聡志は口をだらしなく開けたまま固まっていた。

「次は私だよー」

ワンピースを手でフルオープンにしたまま美悠がリビングの隅に移動すると、こんどは詩がドアを開いて入ってきた。

彼女は以前選手だったというバスケットのユニフォーム姿で、なんと家の中なのにボールをドリブルしながら現れた。

「う、おおっ」

見た瞬間、聡志は変な声を漏らしてしまった。もともと緩めなシルエットのバスケのユニフォームだが、詩のはさらにだらりとしている。

上のタンクトップは首のところのU字の部分が下に大きく伸び、胸の谷間がはっきりと露出している。

腋のところも大きく開いていて、Hカップの横乳がのぞいている。タンクトップが隠しているのは乳首の辺りだけで、ドリブルのリズムに合わせて巨大な柔肉もバウンドしていた。

「うしろも見てね」

大きな瞳でウインクした詩は、ドリブルをしながらくるりと身体を回転させる。

当たり前だがさまになった動きで彼女が背を向けると、こちらも緩めのハーフパンツのうしろに大きな穴がくり抜かれ白い巨尻の谷間が露出していた。

「ええっ」

前から見たら普通のバスケット用のパンツなので、聡志はびっくりしてのけぞってしまった。

見事な丸尻が穴からのぞいている姿がなんともいやらしい。

「さあ、次は夏帆さん、お願いします」

大きな声をかけて美悠がリモコンを操作して音楽をかえた。スローテンポのムーディな曲がリビングに響き渡る。

またドアが開くと、白く熟した脚だけが現れた。

「うふふ」

艶やかな生脚がまず入り、そのあとから夏帆の身体が入ってきた。

真っ赤なサテン生地のチャイナドレス。それもまた過激なデザインでスカート部のスリットが腰の上まで切れ込んでいる。

(これって裸の上から)

しかも胸のところには大きな丸い穴があり、豊満なバストの谷間と真ん中半分が露出していた。

腰のところのスリットも白い肌が見えているので、夏帆は下着の類いは一切身につけていないのだろうか。聡志の目は釘付けだ。

「最後は夕紀さん、どうぞ」

なぜか音楽を止めて美悠がドアのほうに向かって大声を出した。ただなぜか夕紀は現れない。

曲が止まったので、騒がしかったリビングがしんと静まりかえっていた。

「ああ……」

しばらくするとガチャリとドアが開いて夕紀が入ってきた。彼女が身につけているのはグレーの毛皮のコートだ。

丈が短めで太腿が八割程度は露出している。夕紀は恥ずかしそうに顔を伏せたままコートの前を両手で押さえて入ってきた。

「夕紀さんがコートの中に身につけているのは、我がイノベーション開発課の記念すべき初商品です」

ずっと前屈みの夕紀のほうを指し、美悠が少し大げさに言った。

イノベーション開発課の商品と言えば当然ながら淫靡なデザインの衣類となるのだろが、けっこう種類があるので聡志もどれが最初のものなのかは知らなかった。

「はい、聡志くんがお待ちかねです。オープンしてください、夕紀さん」

にやけ顔で聡志のほうを一度見たあと、美悠は夕紀に迫った。

「ああ、そんな、聡志くん……」

夕紀が切れ長の瞳を潤ませて聡志を見た。聡志が望んでいるようなことを美悠が口にしたので、恨みがましいような顔をしている。

ただ聡志はなにも言わない。夕紀の濡れた瞳の奥に、マゾ的な露出願望を見ていたからだ。

「はい、オープン」

ごくりと唾を飲んで見つめる聡志。そして詩や夏帆までコートを開けと囃《はや》したてる。

リビングは淫靡な熱気に包まれ、夕紀は完全に逃げ場を失っている。

「ああ、ひどいわ、みんな」

消え入りそうな声でつぶやきながら、夕紀はゆっくりとコートを開いていく。ただなぜか曲げていた腰は伸ばし、白い脚を少し開き気味にして堂々と毛皮のコートの前を開いた。

「うっ、これっ、すご」

厚い毛皮のコートの下から現れたのは、夕紀の色白でグラマスな身体に、黒の三匹の蝶が止まっている姿だった。

蝶と言ってももちろん本物ではない。少し透けたレース生地で作られた蝶が女体の股間と乳房の頂点を隠している。

股間のほうの蝶は大きめだが、生地が透けていて陰毛が確認出来る。そこから腰に向かって紐が伸びていた。

「ああ、いやあ、そんなに見ないで、ああ……」

羞恥が頂点に達しているのか、夕紀はバタフライ型のパンティごと腰をガクガクと震わせている。

それにつられて揺れる巨乳の頂点には、股間よりもかなり小さめのレースの蝶が二匹、乳首をどうにか隠している。

当然ながら三十代とは思えない張りを持った巨乳も丸出しで、蝶同士を繋いで肩や背中に達する黒の紐が食い込んでいた。

(あ、あれって乳首だよな……)

そしてよく見ると乳房の上の蝶の真ん中に小さな穴が空いていて、穴の中にピンクの突起が見えている。

(すげえ……う、だめだ、くうう)

穴から少しだけ顔を出している二つの乳首。そして恥じらいに全身をピンクに染めた夕紀。

ズボンの中の怒張がビクビクと脈打ち、少しでも擦れたら射精してしまいそうだ。

「じゃあこのままお祝いを始めまーす。夕紀さんはそのコートは脱いでね」

美悠がそう言って、夏帆と詩がシャンパンを開けた。

「えっ、ええっ」

聡志と夕紀は二人同時に目を見開いて声をあげた。

その後、なぜか聡志もパンツ一枚の姿にされ、そのまま飲み会が始まった。

もちろん女たちはチラチラと乳房や乳首、夏帆などはスリットの深いチャイナドレスで脚を組んで座っているから、黒毛までたまにのぞいている。

「ああ、ちょっと呑み過ぎたかも」

かなりの勢いで皆、酒が進み、あまり呑めないという詩に続いて夏帆もソファーにダウンした。

スリットの横から生脚が豪快に露出し、熟した色香をまき散らしていた。

「呑んでる？　聡志くん」

聡志の隣にはバタフライ型のブラとパンティ姿の夕紀が座っている。

なんども彼女の全裸を見たし、肉唇の奥も知っている。ただあのレースの蝶の穴から乳首が飛び出しているのがたまらなくいやらしい。

「もっと呑みなさいよ」

もうやけくそになっているのか、夕紀はその恥ずかしい下着姿の身体を隠そうとはせずにずっと呑み続けている。

目もかなり据わっている感じで、聡志にもやけに酒を勧めてきた。

「あー、私もうギブアップだよ」

なぜか床に座って呑んでいた美悠がひっくり返った。網タイツ姿の身体を横たえると黒糸が食い込んだFカップがブルンと弾んだ。

「まったくなにやってるんですかね、僕ら」

いい加減呆れながら、聡志はそばにあった夕紀が着ていたコートを美悠にかけた。

リビングは寒さは感じないが、さすがに全身網タイツだけで寝ていたら風邪を引いてしまうかもしれないからだ。

「聡志くんだって、私の胸をずっと見てるじゃない」

この人は酒が強いのか、酔っ払いながらもずっと呑んでいる夕紀がブツブツと文句を言った。

「エッチ」

聡志は美悠にコートをかぶせるために立ちあがり、夕紀はソファーにバタフライ型の下着姿で座っている状態だ。

乳首がのぞいているブラごと胸を弾ませて、夕紀は唇を尖らせて言った。

「だってこんな乳首だけ出てるの」

拗《す》ねたような顔をする夕紀は新鮮で、そして可愛らしい。聡志はそんな彼女をからかいながら、レースの蝶の真ん中から飛び出した夕紀の乳首を軽く掻いた。

「ひ、ひいん、はあぁん」

それだけで夕紀はグラマラスな白い身体を跳ねあげた。顔も一気に蕩け、切れ長の瞳も妖しく輝いていた。

「ゆ、夕紀さん、こっちへ」

全身から発せられる妖気のような淫臭に聡志も一気に昂ぶっていく。

もういてもたってもいられなくなり、夕紀の手を引いてリビングを飛び出した。

彼女の腕を引っ張って階段をあがり、二階にある美悠の寝室に入った。

リビングは可愛らしいデザインの家具や小物が並んでいるが、寝室だけはやけにシンプルでベッドと鏡台くらいしかない。

「いますぐ抱きたい、夕紀さん」

扇情的な下着姿の夕紀を強く抱き寄せて、聡志は唇を塞いだ。

「んんん、んく、んんんん」

関係を持ってからなんども彼女とはキスをしているが、今日は特別に熱く舌を絡ませている。

バタフライの下着が持つ淫らさに誘惑され、穴から飛び出している乳首も夢中で摘まんでいた。

「あ、聡志くん、あああん、だめ、ここ、人の寝室」

唇がようやく離れると夕紀はためらって黒髪の頭を横に振る。ただその瞳は妖しく蕩けて白い脚がガクガクと震えていた。

「美悠さんにはさんざん好きにされたんですから、このくらいいいですよ」

いつも自分のペースで聡志たちを振り回すのだから、ベッドくらい勝手に使わせてもらってもいいと、聡志は夕紀をシーツの上に押し倒した。

そしてすぐにバタフライパンティの股間に手を這わせる。ブラに乳首の穴が空いていたから予想はしていたが、ここにもスリットが開いていた。

「あっ、だめえ、ああ、あああああん」

聡志の指が媚肉に触れると同時に夕紀の身体が跳ねあがった。すでに膣口はドロドロでヒクヒクとうごめいている有様だ。

「恥ずかしい思いをして興奮していたんですね」

羞恥の快感に目覚めている夕紀は、恥ずかしい下着姿で飲み会に参加させられて、肉欲を昂ぶらせていたのだ。

なによりこの指の先が入っただけでグイグイと締めあげてくる媚肉の動きが、それを証明していた。

「あああん、だってすごく恥ずかしくて、ああああん、胸が締めつけられ、身体が熱くてたまらなかったのよう、あああああん」

まだ膣の入口だというのに凄まじいまでの反応を見せる三十歳は、聡志の問いかけにも興奮しているように見えた。

淡々と呑んでいる風だったが、夕紀はずっとバタフライ下着の身体を皆に見られて性感を昂ぶらせていたのだ。

「呑んでる最中もこれが欲しかったんじゃないですか？」

聡志はそんな夕紀の手をとり、自分の股間を触らせた。ボクサーパンツの中の肉棒は彼女の淫らさにあてられてすっかり硬化していて、細い指でそれを握ってきた。

「あああ、ごめんなさい、ああ、すごく欲しくて、ああ、ずっと見てたわ」

もう自分の肉欲に飲み込まれているのか、夕紀は瞳をとろんとさせながら、身体を起こした。

ベッドに四つん這いとなり、座っている聡志のパンツをずらして顔を埋めてきた。

「ああ、すごく硬い、ああ、んんん、んく」

もう一匹の牝獣となった風の夕紀は飛び出してきた亀頭部にためらいなく舌を這わせたあと、唇で包み込んでいった。

サイズの大きな逸物を飲み込んであごがかなり開いているが、苦しそうな顔も見せずに大胆に頭を振ってきた。

「くう、夕紀さんっ、そんなに強く、ううう」

貪欲に吸い込む動きまで見せる夕紀のフェラチオに、聡志はこもった声を漏らす。

普段は清楚で恥じらい深いのに一度スイッチが入ってしまうと、夕紀は一気に淫らになっていく。

「ん、んんんん、んく、んんんんんっ」

聡志が声を漏らしても夕紀は容赦なく頭を振りたて、唾液に濡れた舌や口内の粘膜を絡みつかせながらしゃぶり続ける。

彼女が頭をあげると唇が伸びる感じになるのも、牝の淫靡さを感じさせた。

(お尻もずっと揺れてる)

バタフライパンティのうしろは完全にTバックになっていて、晒された白い尻たぶがユラユラと横揺れしていた。

それがまるで男を誘惑しているように見えるのだ。

「夕紀さん、もう」

激しいフェラチオに肉棒はずっと脈動している。聡志もまた昂ぶりきり、身体を起きあがらせると彼女のうしろに回り込んだ。

「いきます」

「あ、ああ、来て、聡志くん、あっ、ああああん」

四つん這いのまま顔だけをうしろに向けた夕紀のヒップを手で固定し、バタフライパンティのスリットに向けていきり立つ逸物を押し入れる。

ぬめった媚肉が亀頭に絡みつくのと同時に、夕紀が顔を前に向けて淫らに喘いだ。

「ああ、これ、ああああんっ、ずっと欲しかったの、ああああん」

肉ヒダの多い膣道を拡張しながら巨根が一気に中に入っていく。亀頭の先が膣奥にたどり着くのと同時に夕紀のよがり声が一段と大きくなった。

「まだまだ」

そんな彼女の剝き出しの桃尻を摑み、聡志はさらに強く怒張を突きたてる。

巨大な肉竿がすべて入りきり、亀頭が子宮口をさらに奥へと押し込んだ。

「ひいいいん、深いいっ！　あああん、はあああん、あああ」

四つん這いの身体をのけぞらせて夕紀はとんでもない悲鳴をあげた。

寝室全体に絶叫を響かせる三十歳の熟《う》れた白い身体が、ビクビクと痙攣している。

「あああん、あああああっ、聡志くうん、あああ、いいっ、たまらない」

犬のポーズの身体の下で二匹の蝶が留まったHカップの巨乳を踊らせ、夕紀は一気に快感に溺れている。

その姿はまさに牝犬だ。肉棒を貪る一匹の牝となっていた。

「ほら夕紀さん、前を見てください」

乱れ狂う女課長を突き続けながら、聡志はベッドの向こうを指差した。

そこには引き戸があり、美悠によるとコスプレの衣装を置くクローゼットになっているらしいのだが、戸のこちら側が大きな鏡になっているのだ。

「あ、いやああ、聡志くん見ないで、あっ、ああああっ」

四つん這いの夕紀はちょうど鏡のほうを向いていたので、黒髪を振り乱す姿が正面から大映しになっていた。

大きく唇を開き、バタフライのブラジャーの胸を揺らす自分の姿に、夕紀は涙目になって絶叫する。

(う、締まってきた……！)

鏡の中の淫女となった自身に泣きそうになっている夕紀だが、媚肉は強く収縮して聡志の肉棒を食い絞めてきた。

彼女の意志にかかわらず、肉体は羞恥の快感に燃えあがっているのだ。

「エロ過ぎますよ、夕紀さん。自分がやられている姿を見て燃えてるんですね」

聡志はそんな彼女のうしろに突き出された尻たぶに向けて腰を叩きつけた。

ぱっくりと開いた膣口に血管が浮かんだ肉竿が出入りし、愛液が飛び散る。

「あああん、そんなあっ、いやあああ、あああん、奥、ああだめえ、あああ！」

巨根による激しいピストンもしっかりと受けとめ、夕紀は巨乳と蝶を弾ませて四つん這いの身体を震わせた。

「もう中はドロドロですよ、顔もすごいことになってます」

彼女のマゾ的な性感をもっと刺激するべく、聡志はうしろから腰を振りながら彼女の髪を掴んで前を向かせた。

「はあああん、いやっ、あああ、だめええ」

鏡には、大きく口を割り開いて唇をこれでもかと開き、絶叫を響かせる牝と化した女が映る。

その姿を直視させられ夕紀の身体の震えがさらに大きくなり、媚肉はもうグイグイと怒張を食い絞めてきていた。

「奥からどんどんエッチな汁が溢れてますよ。ほんとうにいやらしい人だ」

この言葉は煽るための嘘ではなくほんとうに夕紀の膣奥からは、熱い愛液が次々に溢れ出している。

その勢いはまるで飛沫《しぶき》で、それが亀頭の先端にあたる感覚もまたたまらなかった。

「あああん、ごめんなさい、あああ、夕紀はいやらしい女です、だめな子ですう」

そして夕紀はもう自分を取《と》り繕《つくろ》うことも出来なくなったのか、そんな言葉を叫びながらのけぞった。

マゾの性感もさらに燃えあがったのか、また粘液が増えて濡れた無数の肉ヒダが、肉棒を強く擦ってきた。

「もっと感じてください、もっと狂うんです」

「ああああん、私、あああっ、牝犬になりますう、あああああん」

感極まった声をあげて夕紀はのけぞった。もう彼女はかなり追い込まれている。それは聡志も同じだ。

力を込め、とどめのピストンをするべく息を吸い込んだ。

「うわあ、ものすごい顔」

鏡の中で悶え狂う夕紀の乱れ堕ちた顔に聡志も魅入られようとしたとき、引き戸がすっと横に移動した。

「えっ」

夕紀と聡志同時に驚いて繋がったまま固まった。その向こうにあるコスプレ用のクローゼットの中から現れたのは全裸の三人の女だった。

「このクローゼットって、廊下からも入れるんだよね」

前に聞いたときに中までは確認していなかったが、ここから見えるクローゼットは小部屋くらいの広さはある。

どうやら廊下側にも出入り口があったようで三人はそこから入ってきたようだ。

「三人とも寝てたんじゃ……」

酔いつぶれていたはずの三人が笑顔で、それもなぜか一糸まとわぬ裸でいる。

「い、いやああ！　見ないで、だめぇ」

そして夕紀は、同僚と先輩の姿を見て泣き声をあげて頭を振った。ただすっかり見られる快感に目覚めてしまった彼女の媚肉は強烈に収縮を始めた。

「はうっ、夕紀さん、くうう、だめですっ」

その吸いつくような締めつけに、聡志は本能的に腰を動かし始めた。濡れとけた肉ヒダの中に亀頭を擦りつけたい欲望を抑えきれなかった。

「あああん、動いたら、あああん、あああっ、だめぇ、あああん、あああ！」

四つん這いの夕紀の身体が大きくうねり、バタフライのブラとHカップの巨乳が大きく弾んで波打った。

「こんなに楽しそうなことしてるのに、寝てるわけないじゃん」

三人ともにクローゼットの中から出てきて、バックで貫《つらぬ》かれている夕紀の周りに群がってきた。

詩などはベッドの端から長い手を伸ばし、夕紀の蝶の乗った乳房を揉みだした。

「あ、いや、しないで、ああ、ああん、見ないでえ、あああん、ああっ！」

セックスを第三者に間近で見つめられるというとんでもない状況だが、夕紀はさらに燃えあがっている。

整った顔を歪めて犬のポーズの身体を自らくねらせてよがり狂った。

「くうう、夕紀さん、また締まって、ううう」

そして聡志もまた彼女の昂ぶりに煽られるように夕紀の桃尻に向けて、自分の腰を強く叩きつけるのだ。

「夕紀、見られて燃えてるのね。エッチな子」

羞恥の快感に夕紀が燃えさかっているのを、勘のいい夏帆が気づかないはずもなく、至近距離で後輩の乱れきった顔を覗き込んで声をかけた。

「だって、ああ、止まらないの、あああん、気持ちいいのが、ああ、もう」

夕紀はもう絶叫に近い声をあげながらシーツをギュッと掴んで背中をのけぞらせた。

同時に詩がバタフライのブラジャーを剝ぎ取り、乳首を強く摘まんだ。

「ひいいん、イク、夕紀、イキますううっ」

マゾの快感に酔いしれながら夕紀は瞳を虚ろにしてのぼりつめた。

詩の大きめの手によって押しつぶされた巨乳とともに上半身がのけぞり、下半身もガクガクと痙攣を始めた。

「くうう、夕紀さん、僕も、うう、イクっ！」

肉ヒダの絡みつきに怒張を絞られながら、聡志も限界をむかえた。竿の根元が脈動し精液が勢いよく飛び出していく。

「あああん、来てるっ、あああん、聡志くんの精子、ああ子宮にっ、ああ、またイクうっ！」

もう完全にすべてを捨て去った夕紀はただの牝犬となったように狂い、全身をなんども痙攣させた。

歓喜の声を寝室に響き渡らせ、その狂いっぷりに夏帆や美悠も少し驚いていた。

「ああ、もうだめ……ああっ……」

そして絶頂の発作が収まると、夕紀はバタフライパンティだけとなった身体をベッドに投げ出した。

ピンクに上気したグラマラスなボディをシーツに横たえる。

「すごいイキっぷりだったわよ、夕紀」

「ああ……だってみんなが見てるから……私……すごく感じちゃった」

もう羞恥の性癖をごまかすこともせず、夕紀はうっとりとした顔で夏帆に答えた。その表情は満足げで幸福感に溢れている。

「じゃあ、聡志くんは私たちと第二ラウンドね」

そんな女上司を色っぽい目でみたあと、こんどは美悠がベッドに四つん這いになって聡志ににじり寄ってきた。

「え、だめですって、僕はもう夕紀さんと」

きちんと交際を決めたわけではないが、聡志の気持ちはもう夕紀にある。他の女性たちとセックスは出来ないと、少しうしろに下がっていく。

「ああ、聡志くん、私、みんなに見られるの、これからもしたいかも……だから、ね」

横になった身体を少し起こして夕紀はふっと笑った。彼女たちに見られて羞恥の炎を燃やしたいから、聡志を独り占めはしないという意味だろうか。

「ねって、夕紀さん、そんな」

夕紀はこれからもこのメンバーでの乱交を望んでいるのだろうか。恐ろしいまでの豹変ぶりだが、そうしてしまったのは聡志なのかもしれない。

「もう覚悟を決めてね、聡志くん、あふ、んんんん」

「はうっ」

四つん這いの顔を突き出し美悠が聡志の肉棒にしゃぶりついてきた。

射精を終えて萎えていた亀頭に濡れた舌が絡みつき、むず痒い快感に変な声が出た。

（これはもう覚悟するしかないか……）

しばらくは彼女たちとの淫らな生活に溺れるのもいいかと、聡志は美女たちを見渡すのだった。

（了）

※本作品はフィクションです。作品内に登場する
団体、人物、地域等は実在のものとは関係ありません。

艶《つや》めきランジェリー
〈書き下ろし長編官能小説〉
2022年12月26日初版第一刷発行

著者…………………………………………………… 美野 晶

デザイン………………………………………………小林厚二

発行人…………………………………………………後藤明信
発行所………………………………………株式会社竹書房
〒102-0075 東京都千代田区三番町8-1
三番町東急ビル6F
email：info@takeshobo.co.jp
竹書房ホームページ http://www.takeshobo.co.jp
印刷所……………………………………中央精版印刷株式会社

■定価はカバーに表示してあります。
■落丁・乱丁があった場合は、furyo@takeshobo.co.jp までメールにてお問い合わせください。